Czarna

WISŁAWA

SZYMBORSKA

黑色的歌

Czarna piosenka

辛波絲卡／著
Wisława Szymborska

林蔚昀／譯

目　次

譯序／**我在尋找字**　　　　　　　　　　　10
　　——談翻譯辛波絲卡《黑色的歌》

Prolog ／**笑聲**　　　　　　　　　　　　20

為了更多的東西　　　　　　　　　　　24
　　天空　　　　　　　　　　　　　　　26

兒童十字軍　　　　　　　　　　　　　32
　　光天化日　　　　　　　　　　　　　34

我在尋找字　　　　　　　　　　　　　38
　　恐怖分子，他在看　　　　　　　　　40
　　希特勒的第一張照片　　　　　　　　43

和平　　　　　　　　　　　　　　　　48
　　恨　　　　　　　　　　　　　　　　50

無題　　　　　　　　　　　56
　我在想像中規劃世界　　　57
　天大的好運　　　　　　　60

音樂家揚柯　　　　　　　64
　夢　　　　　　　　　　　69

摘自一天的自傳　　　　　74
　許多可能　　　　　　　　81

關於九月的記憶　　　　　86
關於一月的記憶　　　　　88
　結束與開始　　　　　　　90

無名士兵之吻　　　　　　96
　越南　　　　　　　　　　98

寄往西方的信　　　　　　102
　字彙　　　　　　　　　　104

獻給詩 108
　有一粒沙的景色 111

生命線 116
　在老人院 117

諸靈節 122
　墓誌銘 124
　葬禮 125

高山 130
　未曾發生的喜馬拉雅之旅 131

漫遊 136
　可以是無題 142

微笑的主題 148
　在公園裡 149

關於追人的人與被追的人 152
　筆記 154
　與石頭交談 157

遺憾的歸來 164
　向風景道別 165

運送猶太人 170
　尚且 172
　某些人 174

戰爭的孩子 178
　時代的孩子 180

玩笑的情色詩 186
　女人的肖像 188
　酒席間 190

馬蹄鐵　　　　　　　　　194
　有氣球的靜物畫　　　　196

黑色的歌　　　　　　　　200
　自我分割　　　　　　　201
　劇場印象　　　　　　　203

今日的民謠　　　　　　　208
　民謠　　　　　　　　　211

學校的星期天　　　　　　216
　地圖　　　　　　　　　220

Epilog／青少女　　　　　224

我在尋找字
——談翻譯辛波絲卡《黑色的歌》

林蔚昀

翻譯《黑色的歌》，是誠惶誠恐的。

惶恐，因為《黑色的歌》（Czarna Piosenka）是一本傳奇性的詩集。它收錄了辛波絲卡從 1944 到 1948 年的詩作，本來應該成為她的第一本詩集，但後來因為某種原因（有可能是因為內容敏感、無法通過社會主義時期的政治審查，或是遭到出版社拒絕，或是辛波絲卡自己決定不要出版）沒有發表，直到辛波絲卡過世後才得以和讀者見面。

創作者的作品重新出土，總是會引起好奇、期待、討論和爭議。有人會質疑這樣做是否違背作者意願，有人擔心看到不成熟的少作，會讓自己想像中的作者形象破滅，也有人樂見創作者不同時期的風格，藉此了解他們創作、成長的過程。

雖然辛波絲卡生前一直不太願意回顧少作，但她也不是完全沒有發表過這些早期作品。在 1964 年出版的《辛波絲卡詩選》中，就有收錄五首「未結集作品」中的詩作（這五首都收錄在《黑色的歌》之中）。據辛波絲卡生前秘書、現任辛波絲卡基金會執行長米豪 · 魯辛涅克（Michał Rusinek）的説法，辛波絲卡對自己過世後，作品和遺產如何處理都規畫得很詳細，也有經過審慎考慮。因此，既然辛波絲卡把《黑色的歌》的打字稿[1]留給了她的遺囑執行人，這表示辛波絲卡默許了它的出版——雖然辛波絲卡對這本詩集的樣貌、書名、排版已無任何影響力[2]。

雙面辛波絲卡

　　《黑色的歌》會不會挑戰、顛覆讀者眼中的辛波絲卡，讓原本的形象破滅？我想，挑戰和顛覆是一定

1　這份打字稿是辛波絲卡的前夫、摯友、詩人亞當·沃德克（Adam Włodek）在1970年送給辛波絲的禮物。他和辛波絲卡曾經一同準備這本詩集的出版，而在1970年的打字稿中，他也加上了他的一些附註（比如某首詩是否曾經發表、在什麼地方第一次發表）。

2　辛波絲卡很注重詩的選擇、順序、字體和書名，在可能的情況下都會親自決定。

的。《黑色的歌》收錄的多數詩作都青澀（但有些詩作則驚人地成熟！）、用字不是很精準、情感直接強烈、而且少數詩作具有愛國主義和社會主義的政治宣導色彩，這和辛波絲卡中晚期詩作成熟、精鍊、對事物抱有冷靜觀察、從來不為任何主義服務的特色，形成有趣的對比。如果隱去作者姓名，搞不好讀者會以為這是兩個不同作者的作品——就像辛波絲卡在〈青少女〉中所說的：「我們真的差很多，／想的和說的，完全是不同的事。／她知道的很少——／但固執己見。／我知道的比她多——／卻充滿猶疑。」

　　《黑色的歌》和辛波絲卡中晚期的詩作真的這麼不同嗎？有沒有一些主題是延續的，但是後來以變奏的形式出現？年輕的辛波絲卡和中老年的辛波絲卡可以對話嗎？在讀完《黑色的歌》和辛波絲卡的中晚期詩作後（從1957年的《呼喚雪人》到2012年的《夠了》，共十一本詩集），我的結論是：兩者是有對話性的。《黑色的歌》中的〈高山〉，在《呼喚雪人》中變成了〈未曾發生的喜馬拉雅之旅〉，但是重點已從登高的感動轉化為對人性的思考。在戰後不久發表的〈運送猶太人〉，後來化為《呼喚雪人》中的〈尚且〉，雖然後者沒有直接指涉猶太人大屠殺，但是讀者可以從字裡行間找到線索。

而且因為〈尚且〉脫離了原本的背景，我們也可以用
它來理解所有類似、並且不斷重複發生的暴行。

除此之外，還有一些其他的互文性不是那麼明
顯，但也同樣有趣。比如，辛波絲卡對戰爭、受害者、
死亡、人類處境、世界的關注，在她早期作品中就可
以看到。她的幽默感、深入淺出、掌握事物矛盾的天
賦也很早就顯露出來。她早期寫愛情比較直接、天真，
後期則多了猶疑、冷眼和世故。她早期喜歡在詩中大
量運用敘事以及散文化的風格（所以有時候結構太散
亂，文字也不精鍊），這在她中期的某些散文詩中還
可以看到痕跡，而在晚期，這些敘事性已完全融入詩
中，散文的部分只剩下文字較為口語化這個特色。

當然，有些年輕時期的特色在中晚期並沒有保留
下來，畢竟成長並不只是延續，也包括捨棄。辛波絲
卡年輕時愛寫組詩，這在她中期的作品中很少出現，
晚期則完全沒有。她年輕時喜歡用艱澀、不易懂、少
見的字眼，這在中晚期幾乎看不到——或者說，辛波
絲卡慢慢意識到，語言的實驗與創意有很多種，不一
定要用大家看不懂的方式來寫。因此，她中晚期的詩
依然充滿令人眼睛一亮的語言巧思（雙關、顛覆陳腔
濫調的話語、自創新詞），但邏輯清楚、令人可以理

解，像是透明的琥珀，可以看透，卻讓人怎麼都看不厭。

　　綜合以上，《黑色的歌》是一本有趣的詩集。它讓我們看到一個年輕詩人的肖像、一個年輕女性記錄時代、和時代對話的企圖。對欲了解辛波絲卡的人來說，《黑色的歌》是非常珍貴的素材，他們可以從中找到許多辛波絲卡後來創作的原型，也可以看到她的創作是如何隨時間成熟、改變。如果《呼喚雪人》開啟了辛波絲卡詩歌創作的成熟期，那麼《黑色的歌》就是童年和青春期。了解了這個時期，才有可能了解完整的辛波絲卡。不管這個時期的作品有多麼不成熟、不完美，它們都有其美麗、動人、誠懇之處。這些不成熟、不完美正好符合詩人當時的心境、年紀與經歷，而且正是因為有這些不成熟、青澀、冗贅、一頭熱，才會有後來的成熟、老道、精鍊和沉澱。

　　我不會將辛波絲卡的改變稱為「去蕪存菁」（實際上，辛波絲卡沒有把「蕪」去除，而是不斷嘗試如何以不同的方式處理它），而會把它稱為蛻變和成長。我所認知的成長並非放棄孩童或青少年時期的特質，而是把它們和大人時期的特質作結合。從這個角度看，或許我們可以理解為什麼辛波絲卡的作品總是在成熟中有天真，在世故中有童趣。

青少女與老太太的對話

　　要怎麼讓讀者看到《黑色的歌》的特質？要怎麼做才能讓他們看到這些詩作對辛波絲卡整體創作的寶貴之處，而不只是從詩本身的優劣來判斷？在與聯合文學出版社的總編輯李進文討論後，我們一致決定：要以對照的方式來呈現這本詩集。也就是說：在每一首早期的詩作旁邊，要找一首或數首中晚期的詩作來對照。除此之外，進文也建議在每一組對照旁，附上我寫的對照筆記。

　　這樣的出版方式是不尋常、創新、有趣的，但也有其風險。有些讀者可能會質疑這樣做會破壞原作結構，有些讀者可能會覺得對照筆記多此一舉，會干擾讀者的閱讀和解讀。這些質疑都是有道理的，但從另一方面來看：對照可以讓讀者更清楚看到辛波絲卡風格的轉變，而對照筆記則可以補充波蘭社會、文化、歷史脈絡，還有波蘭語的特色。如果運用得宜，反而可以讓讀者更深入了解辛波絲卡的作品。

　　在這種情況下，翻譯及評論的距離拿捏就很重要。由於辛波絲卡為人低調，不喜歡讀者把她的作品和生平事蹟連在一起，所以在這些對照筆記中，我沒

有把重點放在辛波絲卡的傳記上。但是另一方面，我不認為作者生平和創作是可以完全切割的，所以如果有些她的生平事蹟會對理解詩作有幫助，我會適度提供。我並沒有太專注於語言的比較，畢竟波蘭語法的細節還是在比較專業的場合談論比較好。但同樣地，如果對理解詩作有幫助，我會稍作分析。

關於翻譯本身，我不討論怎麼樣翻比較好或不好，而是列出翻譯的難處與掙扎，以及我作出的選擇和取捨（老實說，翻譯就是一連串的選擇和取捨，英譯譯者可能會為了押韻捨棄原本的字義，而我則為了字義捨棄押韻）。我大量補充相關的背景知識，因為這些是波蘭讀者可能會知道、而中文讀者不知道的。當然，我們不可能、也不需要像波蘭讀者一樣去理解辛波絲卡，但是有時候多了解一些背景，就像是喝一杯可以提味的佐餐酒，讓食物本身嚐起來更有層次。

不過，不管再怎麼努力讓讀者接近原作，翻譯一定會失真、一定必須背叛，這是它無法避免的宿命。我在翻譯《黑色的歌》遇到一個很大的困擾是：要如何面對辛波絲卡早期的青澀風格？是要保持那語言的青澀、模糊、缺乏邏輯、拙劣、創新實驗性，還是要改成讀者比較熟悉、看得懂、可以欣賞的語言？修飾可以讓閱讀的

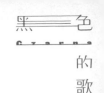

過程比較容易，但是這樣會不會改變原作本質，削弱和中晚期詩作對照的張力？雖然那語言很青澀，但同時也質樸可愛啊？即使是造作、故作高尚、強說愁，也是造作得那麼天真、可愛。這些特質不值得保留嗎？讀者的語言習慣、閱讀習慣不能被挑戰嗎？

　　如果今天這本書不是譯作，我對語言的精確性會比較寬容，因為那時候讀者不只是用文字在閱讀作者，也是用他和作者共享的對語言的知識、對社會文化背景的知識在讀、在猜。翻譯作品天生就缺乏這種「猜」的條件，文字是它唯一的溝通工具，所以必須追求精準、易讀。於是，我必須犧牲一些比較原創、實驗性的語言，比如在〈諸靈節〉中，辛波絲卡寫道：「我會讓冷杉和紫菀做成的花圈／擁抱醜陋的墳墓。」這邊的「花圈」原本應該是 winieta，指的是歐洲古書上拿來裝飾頁面的花卉插畫（放在書名頁或章節的開頭或結尾）。但對中文讀者來說可能有點冷僻，所以改成易於理解的花圈。

　　不過，我並沒有把每個有稜有角的地方都修平修整。比如辛波絲卡經常使用的雙重否定句（如〈摘自一天的自傳〉中的「在雲朵之後的夜晚並非沒有星星。」），我就傾向保留。雖然改成肯定句會比較通

順、比較「像中文」，意義也不會改變，但我覺得那和雙重否定所要強調的事情有著細微的差異──比起單純的「有星星的夜晚」，「並非沒有星星的夜晚」有一種「啊，原來不是沒有耶，還好還有一點星星」的幸運／倖存感。

尋找不可能的字

說了這麼多關於翻譯的眉角，也許讀者會覺得：「這麼說來，這本詩集根本是無法翻譯的嘛。翻譯它有意義嗎？」確實，我經常聽到「這個可以翻嗎？」的質疑，尤其是詩，只要我告訴別人我在翻譯詩，就會有人問：「詩可以翻嗎？」或直接斷定：「詩是不能翻的。」

如果我們把翻譯當成是製造複製人、每個細節都要百分之百一模一樣，包括肉體和靈魂，那詩當然是不可以翻的。但是，如果我們把翻譯當成是作者和譯者共同生下的小孩（作者的基因佔絕大多數），那翻譯就是可能的。我們不必否認，翻譯永遠都會是不完全的東西，因為它不是原作（雖然以原文閱讀原作，也是另一種翻譯，讀者永遠無法完全了解作者）。但是，或許像村上春樹所說，文字本來就是不完全的東西，能裝載進去的

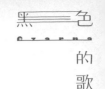

東西也是不完全的思想和感情。這很符合現實的狀態，多半時候，我們並無法完全理解自己的想法和感受，也無法完全抓住它們。

在〈我在尋找字〉這首詩中，辛波絲卡寫下了「找不到字來描寫戰爭犯罪者惡行」的挫折和無力：「我們的話語是無力的，／它的聲音突然──變得貧瘠。／我努力地思索，／尋找那個字──／但是我找不到它。／我找不到。」有趣的是，這段話也可以用來形容說話、寫作本身。當一個人意識到溝通的侷限，他可以選擇沉默、拒絕溝通、改變溝通的方式、或者繼續尋找。辛波絲卡選擇了繼續尋找。

「我之前寫詩，現在寫詩，之後也會寫詩。」辛波絲卡在 1951 年這麼說。把這句話當成座右銘，我覺得我也可以繼續翻譯、尋找下去。

Prolog 笑聲

那個我曾經是的女孩——
我認識她，當然。
我有幾張照片，
記錄她短暫的一生。
看到她那幾首小詩
我感到憐憫又好笑。
我記得幾個事件。

但是，
為了讓我身邊的那人
大笑，並且擁抱我，
我只會提起一個小故事：
那個小醜八怪
孩子氣的愛情。

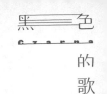

我説，
她是如何愛上一個學生，
我的意思是她想要
他看她一眼。

我説，
她是如何把繃帶綁在
健康完好的頭上然後跑向他，
就為了，喔，讓他問一聲，
發生了什麼事。

好笑的小女孩。
她怎會知道，
即使絕望也會帶來好處，
如果幸運地
活得更久。

我會給她錢讓她去吃餅乾。
我會給她錢讓她去看電影。
離開吧，我沒有時間。

妳沒看到嗎，
燈已經熄了。
也許妳明白，
門也關起來了。
不要用力扯門把──
那個大笑的人，
那個擁抱我的人，
不是妳的學生。

最好是，如果妳能回到
妳來的地方。
我沒有虧欠妳什麼，
我只是個普通女人，
只知道，
在何時，
背叛陌生人的祕密。

不要這樣用那雙眼睛
看我們，那雙
張得太大的眼睛，
就像死人的眼睛一樣。

——《開心果》, 1967

為了更多的東西

為了更多的東西，
不只是遼闊的疆界，
獵獵作響的旗幟，
——為了她軍人般驕傲的勝利。

為了更多的東西，
不只是國歌的還擊，
命運的意義，
——為了她比輕蔑更迅速的復仇。

為了更多的東西，
不只是她的——節日。

為了更多的東西，
——為了她的：平日。

……為了從紅色煙囪裡飄出來的煙，
為了可以不帶恐懼地抽出一本書，
為了一小塊乾淨的天空
我們戰鬥。

天空

必須從它開始：天空。
一扇窗戶，沒有窗台、窗框、玻璃。
只是一個洞沒有其他，
但是開得大大的。

我不必等待一個晴朗的晚上，
也不用仰起頭，
才能看見天空。
天空就在我背後、手邊、眼皮上。
天空緊緊將我包覆，
然後把我抬起來。

即使是最高的山峰
也不會比最深的山谷
更接近天空。
沒有一個地方比另一個地方
有更多的天空。

雲朵和墳墓一樣
承受著天空無情的壓迫。
鼴鼠和鼓動翅膀的貓頭鷹
都身處天堂。
那些掉落深淵的物體，
從天空墜入天空。

鬆散、流動、有如岩石般堅硬，
明亮並且輕盈的
一小塊天空，天空碎屑，
一口氣的天空，成堆的天空。
天空無所不在，
甚至是在皮膚底下的暗處。

我吃下天空，排泄天空。
我是陷阱中的陷阱，
被寄居的居民，
被擁抱的擁抱，
回答問題的問題。

地面和天空的劃分
不是思考整件事的
正確方式。
它只是讓我能夠
有一個精確的地址，
如果有人要找我的話，
我會比較快被找到。
我的特徵是
讚嘆與絕望。

——《結束與開始》，1993

相隔四十多年的天空

　　辛波絲卡的特色、也是她的詩最為人稱道的原因之一，是她能
從一個很小的東西出發，從平凡、普通的經驗講起，然後將這平凡
普通的東西提升到形而上的層面，以及哲學的高度。

　　或者說，不是提升，而是發掘出隱含於這東西本身的形而上意
義（就像〈天空〉中那往下挖，而不是往上飛的鼴鼠），以及哲學
意涵。因為對於辛波絲卡來說，萬物都像是一個「回答問題的問
題」，這麼地令人驚奇、讚嘆吧。

在〈為了更多的東西〉和〈天空〉這兩首詩中，我們都可以看到這種「由小見大」的意圖。只不過，在二次大戰的背景中寫下的〈為了更多的東西〉比〈天空〉多了一點悲壯與崇高，也有比較多國家的意象（旗幟、軍人、國歌）。

　　悲壯崇高和國家意象是辛波絲卡早期作品中經常出現的元素，在那個時代看起來很熱血、很符合時代精神，但是在今天就看起來矯情、虛幻——畢竟，極端的國家主義可以把個人壓垮，辛波絲卡在波蘭人民共和國時期，應該也經歷過這些。或許，這是為什麼辛波絲卡在中年以後，就放棄了這種寫作方式，轉而關注生活中平凡偉大的事物。或許，二十二歲的辛波絲卡早已預感到天空的崇高和地面的踏實其

實是同樣的事物、其實同樣重要，所以才會在詩的最後兩段提到：
我們是為了平日、煙囪裡的煙、不帶恐懼地抽出一本書、一小塊乾
淨的天空而戰鬥。如果我們記得，在戰爭期間，這些平凡的事物其
實並不是那麼平凡、理所當然，或許我們更能體會，為什麼辛波絲
卡把這些稱之為是「更多的東西」。

在〈為了更多的東西〉作為尾聲的「一小塊天空」，過了四十
多年，成了〈天空〉的開始，也是它的主角與背景。天空到底是什
麼呢？我們可以說它是自由、願景、希望——這些都是我們看到天
空時，常常會聯想到的事。但它也有可能就是天空而已——那無所
不在、無所不包的天空。

兒童十字軍

那裡——在我們的城市中最熱血的那一座，
孩子們的屍體
臉朝下，埋在凝固的血中。

第一場戰爭遊戲——但可不是打來好玩的，
第一個有勇無謀的開始。
有人展現自我。有人嘗試。現在已是玩笑。
開槍——那很容易。沒有射偏。
第一場冒險。真正的，成人的。
警覺又堅定地捏緊汽油彈。
昨天有三台坦克——今天會有第四台。
不耐煩的手在命令下達之前就行動。

——穿過化為殘骸的城市，
在那已經沒有任何人能阻止的火焰中，
流浪兒童的十字軍
在槍林彈雨中跋涉前進，
以握緊的拳頭當作武器，在尖叫中僵硬。

我們的眼睛因為新鮮的記憶而疲倦，
但是我們的手知道，我們的手相信。
我們用來舉起世上重擔的手
知道：世界會重生，不會有戰爭的幽靈。
它會補償被毀滅的那些年，
並且相信新的秩序及韻律。

⋯⋯也許這也是為什麼
那最令人難過的
日日夜夜鯁住了我們的喉頭：為什麼，
沉默地：到底是為了什麼
──那些倒下孩童的屍體。

光天化日

他會定期到山上的旅館度假，
走到樓下的餐廳吃午餐，
從窗邊的座位看著那四棵雲杉
從一根樹枝看到另一根樹枝，
不會抖落樹枝上的新雪。

他會留山羊鬍，
有點禿頭，頭髮花白，戴著眼鏡，
面孔看起來臃腫疲倦，
額頭有皺紋，臉頰長了疣，
彷彿天使般的大理石貼上了黏土 ──
他不會知道這是什麼時候發生的，
畢竟沒有英年早逝的代價不是一次付清，
而是慢慢地升值累積，
而他也會付出這個代價。
關於那顆差點打中他耳朵軟骨的子彈
（他在最後一刻把頭低下）
他會這麼說：「我真是好狗運。」

等待雞湯麵上桌的時候，
他會閱讀當天的報紙，
醒目的標題，或是小廣告，
不然就是用手指敲著鋪了白色桌巾的桌子。
他會有一雙用了很久的手，
皮膚乾澀，青筋突起。

有時候會有人站到門前呼喚：
「巴青斯基先生，您的電話。」
這件事一點都不奇怪，
他會站起來理一理毛衣，
然後好整以暇地走向門。

眼前的這一幕不會在某個動作定格，
說出的話也不會突然中斷，
因為這就是尋常的一幕——但是可惜，可惜——
人們會把它當成尋常的一幕看待。

——《橋上的人們》，1986

如果他們活下來並且老去

　　像許多二戰倖存的創作者一樣,辛波絲卡的早期詩作許多都是關於戰爭,而當她邁入成熟的中期和凝鍊的晚期,她也不斷地以各種不同的形式回到「戰爭」這個主題。不管是直接處理戰爭的〈結束與開始〉、〈越南〉、〈現實要求〉或是對戰爭點到為止的〈在世紀的尾聲〉、〈這裡〉。

　　〈兒童十字軍〉和〈光天化日〉是一組有趣的戰爭詩對照。兩者描寫的主題——華沙起義(Powstanie warszawskie ╱ Warsaw Uprising)——都是沉重的,但是它們的手法卻是這麼地不同。

　　在〈兒童十字軍〉中,辛波絲卡選擇用兒童起義軍當主角,來描述這為期兩個月、造成約一萬名士兵及二十萬平民犧牲的慘烈事件。兒童的苦難總是會引起我們的震驚、難過和憤怒,而兒童參戰、童兵則會引起比這更強烈的情感。

　　〈兒童十字軍〉是一首動人的詩,它的動人之處在於現實的殘酷(在華沙起義中,確實有兒童及青少年參戰),以及作者對這些兒童(也包括所有的戰死者)的悲憫。然而,這首詩的寫作筆法還

是有它煽情的部分（雖然是有所節制的），也有過於樂觀的部分（比如「世界會重生，不會有戰爭的幽靈。」）。和它比起來，〈光天化日〉就內斂、含蓄許多，但也比較隱晦、沒有那麼清楚明瞭。

〈光天化日〉的主角是在華沙起義中犧牲的詩人克里斯多弗‧卡明‧巴青斯基（Krzysztof Kamil Baczyński,1921-1944），他是發起起義事件的波蘭家鄉軍（Armia Krajowa）的成員，戰死的時候才二十三歲，在波蘭歷史及文學史中，他一直被人看成是一個悲壯愛國、英年早逝的象徵。然而辛波絲卡並沒有在這首詩中描寫他的悲壯愛國或英年早逝，而是問了一個假設的問題：「如果他活下來並且老去，那會怎樣？」

在詩人的想像中，倖存並老去的巴青斯基會去山間度假，在旅館喝湯、看風景、讀報紙、享受或忍受老年生活（皺紋、禿頭、白髮）、接電話，過著尋常的日子。或許，就像倖存並老去的辛波絲卡──如果他沒有死的話。

再一次，我們在辛波絲卡的詩中看到，尋常的事物並非想像得如此尋常、如此容易。

我在尋找字

我想用一個字形容他們：
什麼樣的——？
我從口語中揀選，從字典裡偷竊，
衡量、稱重、研究——
沒有一個
合用。

每一個最勇敢的字——依然膽怯，
每一個最輕蔑的字——尚且神聖。
每一個最殘酷的字——太過仁慈，
每一個最充滿恨意的字——不夠堅決。

這個字必須像火山，
它應該擊打、撕裂、推翻，
有如可怕的天譴，
有如滾燙的憎恨。

我想要讓這個字
溢滿鮮血，
就讓它像執行酷刑的監獄，
納進每一個萬人塚。

讓它精準、清楚地描寫
這些人是誰——所有那些發生的事。
因為我所聽到的，
那些被寫下的——
都太少了。
太少了。

我們的話語是無力的，
它的聲音突然——變得貧瘠。
我努力地思索，
尋找那個字——
但是我找不到它。
我找不到。

1945

恐怖分子，他在看

酒吧裡的炸彈將在十三點二十分爆炸。
現在才十三點十六分。
還有一些人來得及進去。
一些人出來。

恐怖分子已來到對街。
這段距離讓他不受壞事波及，
又可以像在看電影似地一覽無遺：

穿黃色外套的女人，她進去了。
戴黑色眼鏡的男人，他走出來。
穿牛仔褲的男孩們，他們在聊天。
十三點十七分四秒。
那個小個子是幸運的，他坐上機車，
而那個高個子進去了。

十三點十七分四十秒。
那個頭髮綁綠色蝴蝶結的女孩正在走著。
只是公車突然把她擋住了。
十三點十八分。
女孩已不在。
她真的那麼笨走了進去，還是沒有？
等他們把人抬出來的時候就知道了。

十三點十九分。
不知怎地沒人走進去。
而且還有一個禿頭胖子走出來。
但是他好像在口袋裡找什麼東西然後
在十三點二十分差十秒，
他回頭去找那沒有價值的手套。

現在是十三點二十分。

時間過得真慢。

或許是現在。

不，還沒到。

對，現在。

炸彈，它爆炸。

——《巨大的數目》，1976

希特勒的第一張照片

這穿著嬰兒服的寶寶是誰啊？
哦是小阿道夫，希特勒夫婦的兒子！
也許他會成為法學博士？
或是維也納歌劇裡的男高音？
這小手、小眼睛、小耳朵、小鼻子是誰的呀？
誰的小肚子裡裝滿了奶水，我們還不知道：
是印刷廠老闆、醫生、商人還是神父的？
這兩隻好笑的小腳要跑到哪裡去，哪裡？
去花園、學校、辦公室、婚禮，
誰知道，也許是和市長的女兒結婚？

小親親，小天使，小乖乖，小太陽，
當他一年前來到這世上的時候，

在天上和地上都出現了各種徵兆：
春天的陽光，窗台上的天竺葵，
中庭的手搖風琴聲，
粉紅色皺紋紙裡包著的好運勢，
出生前一晚母親的夢：
看到鴿子——表示愉快的消息，
把牠捉住——久候的客人就會到來。
叩叩，是誰在敲門啊，是小阿道夫的心臟在跳。

奶嘴、尿布、圍兜、手搖鈴，
感謝上帝、願祂保佑，是個健康的男孩，
長得像父母，像是籃子裡的小貓，
也像所有家庭相簿中的小孩。
哦，現在最好別哭，
黑布下的攝影師要按喀嚓了。

Atelier Klinger，Grabenstrasse Braunau＊，
布勞瑙是個不大但體面的城市。
殷實的公司，好心的鄰居，
有著發酵麵糰的香味和清潔肥皂的味道。
那裡聽不到狗的嚎叫或是命運的腳步聲。
歷史教師鬆開領子，
對著教材打呵欠。

——《橋上的人們》，1986

＊原文中是德文，意思是：Klinger照相館，Grabenstrasse墓地街，
　Braunan布勞瑙。布勞瑙位於奧地利，是希特勒出生的城市。

詩人與讀者，他們在看

除了戰爭，另一個辛波絲卡經常觸及、思考的主題是：兇手的面容。不是「他們在想什麼？他們為什麼這麼做？」而是「他們長什麼樣子？要怎麼描繪、形容他們？」

描繪兇手的面容是可能的嗎？辛波絲卡在 1945 年寫下的〈我在尋找字〉中（這也是她首次公開發表的詩作），就告訴她自己和我們：不可能。因為不管這個字再怎麼強烈、憤怒、充滿憎恨，它依然太過無力貧瘠，不足以描寫眼前的殘酷邪惡。

但是，要因此而沉默嗎？這也是一種選擇，但是辛波絲卡選擇訴說，雖然她明白文字的侷限。她選擇不直接描述殘酷的事件本身，而是像卡爾維諾說的，用輕盈的手法從旁觀看，像是珀修斯從鏡子中看蛇髮女妖的形象。

有時候，這樣的側寫反而比直接的描述更能讓讀者感受到詩中現實的氛圍。比如在〈恐怖分子，他在看〉之中，讀者被放到一個有距離的位置上，像恐怖分子一樣彷彿看電影似地，看著犧牲者走

入或走出死亡的場所，也和恐怖分子一起讀秒。

　　這首詩中一個有趣、不尋常的地方是：人物和事物的強烈存在感。一般來說，在波蘭文中因為動詞有格位變化，所以代名詞「你我他」通常是被省略、不用說出的。只有小孩和剛開始學波蘭語的外國人，才會一天到晚把「你我他」掛在嘴上，或者只有需要特別強調時，才會使用。辛波絲卡不只使用它們，還在它們前面加逗點（「恐怖分子，他在看」「穿黃色外套的女人，她進去了。」）。這個不尋常、文法不正確的寫法，在這首詩中反而強調了這些人物和事物，並且創造出獨特的韻律——尤其在最後一句「炸彈，它爆炸。」

　　如果〈恐怖分子，他在看〉是客觀的遠景，那〈希特勒的第一張照片〉就是主觀的特寫（除了最後一段），雖然，在這近距離的觀看中，我們還是無法進入暴君的內心，無法得知是什麼讓這個和其他小孩看起來沒兩樣的、小貓一般的可愛生物，在長大後犯下如此可怕的罪行。這幅「照片」和希特勒後來恐怖的面貌形成強烈的對比，讓我們陷入矛盾。這矛盾可能會令人不安，但或許會是一個讓我們更深入觀看的契機。

和平

內心愉快的警報比官方的聲明早來一步。
比光線更快的是消息，
比消息更快的是信仰。

人們的吼叫，歌唱，致詞
都不足以描述、形容這一切，
除了一個字——終於。
一直盲目到此刻的城市之夜
往天空投射信號——
透過通往星辰的道路。
窗戶上服喪的象徵被拿下來了，
成群結隊、腳步劃一的行人
會踩著這些象徵往前走。

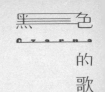

其他人會跑到家門前，
和所有認識的人和不認識的人
倉促地握手，
交換那亙古的真理——

人類給世界帶來的
是和平——不是劍。

1945

恨

你們看看，在我們的世紀
恨依然身手矯健，
年輕貌美。
它是如此輕盈地對付高難度的障礙。
而跳起來把人捉住──對它只是雕蟲小技。

它和別的感覺不同。
它比那些感覺古老也比它們年輕。
會自己生出
那些喚醒它的原因。
如果它睡去，那絕不是永恆的安息。
失眠不會減損，反而會增強它的力量。

宗教或不是宗教──
只要能讓它在起跑點上就位就好。
祖國或不是祖國──
只要能讓它有衝出去的動力就好。

正義也可以是一個好的開始。
之後恨就可以靠自己往前奔馳。
恨。恨。
它因為愛情的狂喜
而面目猙獰。

啊，那些別的感覺——
它們都太弱了而且慢半拍。
從什麼時候開始
博愛可以仰賴群眾？
同理心曾經第一個
跑到終點過嗎？
懷疑抓住了幾個對它感興趣的人？
只有恨會把人抓住，它不知道什麼是猶疑。

有天分，聰明，勤奮。
我們應該不用提到，恨寫下多少詩歌。

給歷史增添了多少新篇章。
讓多少個廣場和體育場
鋪滿了地毯般的人潮。

我們也別騙自己了：
恨知道如何創造美景。
它那些黑夜中的火光燦爛。
而玫瑰清晨的蕈狀雲無比壯觀。
你很難不用「悲壯」稱呼這一幕，
同時又佩服它淫穢的幽默感，當你看到廢墟
以及在廢墟之中堅毅挺立的柱子。

它是營造對比的大師，
把巨響和寂靜共陳，
讓血紅和雪白並列。
最重要的是它永遠不會
對這個主題厭倦：做事乾淨俐落的兇手
對上被羞辱而失去尊嚴的犧牲者。

它隨時隨地都準備好為了新事件出動。
如果它必須等待，它會等。
人們說，它是盲目的。盲目？
它有著狙擊手般銳利的雙眼
並且大膽的看向未來——
只有它，沒有別人。

——《結束與開始》，1993

當「希望」不再是那個年經的女孩

辛波絲卡有一首詩叫〈在世紀的尾聲〉，裡面有一段是這樣的：「愚蠢不是可笑的。／智慧不是愉快的。／而希望／已經不是那個年輕的女孩，／諸如此類，唉。」

在翻譯〈和平〉和〈恨〉這兩首詩時，我不斷想起這段話。在二次大戰結束時寫下的、洋溢著樂觀及歡欣氣氛的〈和平〉，就像是一個充滿希望的年輕女孩，而在波蘭結束社會主義時期、成為民主國家時寫下的〈恨〉，則像是一個眼神銳利、看盡人世悲歡、洞悉人性邪惡面的老太太。兩者的對比，完全就像是辛波絲卡在〈青少女〉一詩中所說的：「我們真的差很多，／想的和說的，完全是不同的事。／她知道的很少──／但固執己見。／我知道的比她多──／卻充滿猶疑。」

為什麼會有這樣的差別？是因為二次大戰結束後的波蘭，情況比從社會主義國家轉型成民主國家的波蘭要來得好、來得容易嗎？我想並非如此。戰爭結束後需要做的重建、需要撫平的傷痛、需要

面對的現實挑戰，應該是非常龐大而且沉重的。只是〈和平〉是在戰爭剛結束的時候寫下，那時候詩人或許還不知道：並不是沒有了外在的敵人，一個國家裡的人們就會從此和樂相處。或者說，她其實知道，只是當時她相信人們會珍惜這得來不易的和平，不會再傷害彼此？

〈恨〉寫下的時候，正是波蘭從波蘭人民共和國轉型成波蘭共和國的第三年。波蘭面臨到一連串政治、社會、經濟改革，也面臨到該如何看待歷史的問題——包括二戰歷史、波蘭人民共和國歷史、以及國家安全機構檔案歷史。這些都是困難、容易挑起各種強烈情緒的問題，而在這些情緒當中，恨也占了一席之地。

詩人後來說，她寫這首詩時，想的是：「人類有多麼容易被恨意沖昏頭，在現在與永遠，此處與各地。」彷彿應驗了她的話，今天在波蘭以及世界上的許多角落，我們依然可以看到恨輕鬆地跳起來、把許多人捉住，不管它所戴著的面具是宗教信仰、國家、正義還是別的東西。

當希望不再是那個年輕天真的女孩，要怎麼活著？辛波絲卡沒有給我們答案，但她讓問題留在了我們心中。

無題

關於這個世界我們曾經瞭若指掌：
——它是那麼渺小，可以容身於握手，
那麼簡單，可用一個微笑來描述，
那麼平凡，像是在禱告詞中古老真理的回音。

歷史並沒有以勝利的號角歡迎我們：
——它把骯髒的沙子灑進我們的眼。
在我們面前是遙遠沒有出口的路，
毒井，苦麵包。

我們的戰利品是關於這個世界的知識：
——它是那麼巨大，可以容身於握手，
那麼困難，可用一個微笑來描述，
那麼奇怪，像是在禱告詞中古老真理的回音。

1945

附註：這首詩在翻譯時，有參考嬉思的譯本，特此致謝。

我在想像中規劃世界

我在想像中規劃世界，第二版的，
第二版，有修訂過，
獻給白癡──願他們大笑，
獻給憂鬱者──願他們痛哭，
獻給禿頭──願他們有梳子可用，
獻給狗──願牠們有鞋子可穿。

第一章：
動物和植物的語言，
每一個物種
都會有屬於自己的辭典。
甚至和魚交換一句
簡單的「你好」
都會讓你、魚以及所有人
的關係更加緊密。

那從前隱約感受到、
而現在則變得一清二楚的
森林的即興！
貓頭鷹的悲歌！
刺蝟創造的格言──
而我們原本以為
牠什麼都不做，
只是在睡覺！

時間（第二章）
有權插手任何事，
無論好事壞事。
然而──那個可以讓
海枯石爛，並且
和星辰一起運轉的東西，
對戀人沒有任何一點影響，
因為他們太赤裸，
擁抱得太緊，因為他們的靈魂
戒慎恐懼，像是毛豎起來的麻雀。

老去只是罪犯人生中
才有的道德教訓。
啊，所以我們所有人都是年輕的！

痛苦（第三章）
並不會汙辱身體。
死亡則在
你睡覺的時候到來。

你會夢見，
你根本不必呼吸，
沒有呼吸聲的寂靜
是好聽的音樂，
你像火花一樣小
並且配合節拍熄滅。

死亡僅只如此。把玫瑰
·捧在手上會比這更疼痛，
而看到一片花瓣掉到地上，
會令你感到更加恐懼。

世界僅只如此。僅只這樣
活著。然後這樣死去。
其他的一切——就像是
暫時用鋸子
演奏巴哈。

——《呼喚雪人》，1957

天大的好運

不是很清楚知道
你在什麼樣的世界上生活，
是天大的好運。

如果要知道
就得活很久，
絕對要比
世界存在的時間還要久。

為了比較，
好歹也要認識別的世界。

必須從身體中抽離，
但身體最擅長的
不是別的，剛好正是
製造困難和限制。

為了擁有良好的研究過程，
清晰的畫面，

以及做出最終的結論，
必須跳脫時間，畢竟
在時間中所有事物都快速流轉。

從這個角度，
你們得永遠地
和細節及插曲告別。

數一個禮拜中有幾天
一定會讓人覺得
是無意義的舉動，

寄信則會變成
只有在年輕愚蠢時才會做的怪事，

「不要踐踏草地」
則是瘋狂的告示。

——《結束與開始》，1993

（不）美麗新世界

　　彷彿班雅明筆下包含著微縮冬景的玻璃球，描寫世界的〈無題〉蘊含了辛波絲卡未來創作的整個宇宙。從它之中，我們可以看到詩人的世界觀、內斂的風格，以及用簡單事物傳遞複雜思想的驚人能力。她用短短幾句話，把世界的矛盾（又大又小、又容易又困難、又平凡又奇怪）精準地描寫了出來。而最大的矛盾就是：這些看似對立的事物，都是可以用同樣的方式（握手、微笑、禱告）來表達的——雖然，表達簡單和困難的微笑不是同一個微笑，傳遞平凡和奇怪的回音也不是同一個回音。

　　矛盾的世界可以容身於詩之中嗎？在辛波絲卡的詩中似乎可以。這些事物看似矛盾、無法共存，但是回頭想想，我們的生命和我們自己，不也是充滿了矛盾和看似無法共存的事物？

　　從完美主義的角度來看，這樣的世界和這樣的我們是不美麗、不烏托邦的。但是，辛波絲卡好像就是比較喜歡這樣的世界和這

樣的我們。在〈烏托邦〉中，她描述了一座充滿真相的小島，看似靜謐宜人，卻無人居住，而且所有來過的人都選擇離開。在〈詩人的噩夢〉中，這個令人想逃的烏托邦換成了一個語言精鍊的夢中世界，對詩人來說看似完美（畢竟詩不就是在追求精鍊嗎？），但喜愛模糊和隱晦的辛波絲卡只想趕快醒來。

在〈我在想像中規劃世界〉中，辛波絲卡給我們畫出一幅（看似）完美世界的景象，在那裡死亡不會痛，人不會老，人可以和萬物溝通，愛情超越時間……只是除了這些清楚明瞭的規則，所有其他的一切都像是暫時用鋸子（或鋸琴？）演奏巴哈。這景象光是用想的都恐怖，也許這是為什麼辛波絲卡後來在〈天大的好運〉中開門見山地對讀者說：「不是很清楚知道／你在什麼樣的世界上生活，／是天大的好運。」

我並不覺得辛波絲卡是在提倡渾渾噩噩、玩世不恭的人生態度。相反的，她把世界看得非常清楚，所以可以同時看到奇蹟和災難，並且保有童心和慈悲。她在〈維梅爾〉中說，只要畫中的女人日復一日地在倒牛奶，這個世界就不應該結束。而她沒說的，則在字句之間的空白之處露出微笑。

音樂家揚柯

紀念戰死的那人

1

你陰鬱地看穿那哭累了的玻璃。
不該在這季節到來的雨──打亂了你的計劃。
你用手指敲擊窗框。
在你眼裡是空洞的空間。

我看到玻璃被一百顆雨珠打濕，
每一滴雨水──甚至因為這沉默的思緒而沉重──
它們在濕潤的顫抖裡飽滿，猶豫地懸掛在半空，
不久就會變成一道細流往下流淌。

我轉過頭
然後對著你驚訝的雙眼可笑地大叫，
嘴角帶著一絲尷尬──
我知道，你要離去。

2

白天安靜地冷卻。
晚上會有涼意。
風熄滅我們的熾熱的額頭。
而聲音迷失了路途，聲音紛紛散落──
叫喊太困難。
我屏息問：
　　你會回來嗎？…明天？…

蠟燭用成串的淚水
寫下離別的時間。
你的影子高大，甚至碰觸到天花板，
它的手抬起來
　然後──敬禮：
　　　　我會回來的。明天。

3

羞澀，年輕，黏滿了綠意的葉子。
我想要摘下它、踩踏它、傷害它。
為了它的恬不知恥──因為它體內有太陽的脈動，
因為它不知道什麼是等待。

我手中有恨的力量，
我的憤怒鯁在喉頭。
因為葉子的生命──短暫，充滿泡沫，
因為它無憂無慮地消逝。

我把許多葉子堆成一堆，
從四個角落點火。
當我用煙霧弄髒了陌生的天空──
也許我的請求會實現。

我會向世上所有的神明
祈禱你的歸來。

4

在可能位於任何地方的墳墓，
長著大把大把沒人剪過的花。
不可以踩踏土地。
那是罪。

我只帶著
世界早已熟悉的悲傷尋找：
在哪？

5

被樹枝和野草覆蓋，幾乎看不見的小徑。
我吸入一口陰影中森林的氣味。
在良好的虛空中令人疲憊的恐懼
以及那些回憶捲土重來。

越來越接近森林中的空地。
有人把旋律拉成長長的銀色細線，
並且從小提琴中織出一首
令人熟悉又陌生的歌。

好幾個月來的第一道陽光
溫暖明亮地在手中融化。
回音在天空中尋找新的界線，
在森林中嘗試新的腳步。

他只是所有人之中的一個，為了所有人
回來——從那裡——身上多了死亡。
音樂家揚柯正往這裡走來。
我們聽到了他的腳步聲和歌聲。

夢

我戰死的，我還原為塵土的，我的土地
化為在照片上的樣貌：
臉上有著樹葉的陰影，手裡拿著一個貝殼，
來到我的夢裡。

他穿過那永不熄滅的黑暗，
穿過他面前永恆交會的虛空，
穿過七乘七乘七倍的寂靜。

他在我眼皮底下現身，
那是他唯一可以進來的世界。
他被子彈穿過的心臟在跳動。
第一陣風從他髮間猛然吹過。

我們之間出現了一片草原。
有著雲和鳥群的天空飛到我們頭頂，
山脈在地平線靜靜竄升，
河川向下流淌，尋找海洋。

即使在那麼遠、那麼遠的地方，
也可以看見日夜同時進行，
四季一起發生。
新月和滿月對望，
雪花與蝴蝶共舞，
果實從開著花的樹上掉落。

我們逐漸靠近。我不知道我們臉上是流著淚
還是帶著笑。再走一步
我們就可以一起聆聽你貝殼裡的音樂，
那裡有幾千個交響樂團的濤聲，
還有我們的結婚進行曲。

——《鹽》，1962

對照筆記

與死者／死亡交談（之一）

　　辛波絲卡經常在詩中寫到死亡——自己與他人的死亡、過去和現在的死亡、陌生人及所愛之人的死亡。她用詩與死亡共舞、和死亡交談、思考死亡。她大部分關於死亡的詩是節制、冷靜、有距離的，即使在詩中有著深沉的悲傷，那也是在字裡行間若隱若現，不是直接表露出來。

　　〈音樂家揚柯〉和〈夢〉卻和其他談死亡的詩不太一樣。兩者都有明白提到戰死的人，兩者也都以主觀的口吻大量和死者對話、進行招魂。不過，與其說這兩首詩是在寫死者，不如說它們是在寫生者面臨死亡的心路歷程，尤其是〈音樂家揚柯〉。

在〈音樂家揚柯〉中我們可以看到詩中的「我」經歷恐懼、不安、憤怒、失望、悲傷，也看到她最後終於接受死亡，找到了屬於自己的寧靜（雖然在這寧靜中悲傷依然存在）。這其實是一個完整的哀悼過程，辛波絲卡也把這個過程很精確、誠實地描寫出來了。

從文學的角度看，〈音樂家揚柯〉有兩個有趣的地方。詩的名稱來自波蘭諾貝爾文學獎得主顯克維奇（Henryk Sienkiewicz，1864–1916）的短篇小說《音樂家揚柯》（Janko Muzykant），故事描述一個有音樂天分的農村男孩，因為溜進貴族家碰了小提琴，所以被判鞭刑，然後活活被打死。

為什麼辛波絲卡選擇這個人物來象徵戰死者？有可能是因為戰死者像揚柯一樣遭受到現實無情的打擊、年紀輕輕就

死去、無法實現自己的夢想，只能在文學作品中擁有生命。這呼應到另一個有趣的點：辛波絲卡在寫到音樂家揚柯的歸來時，用了「bogatszy o śmierć」這個詞。它字面上的意思是「多了死亡，比以前豐富」，雖然真正的意思比較接近「因為死了一次，比沒死的時候多了死亡的經驗」，但是用「豐富、比以前多」來形容死亡，還是很令人耳目一新的說法。

同樣的豐富，我們也可以在〈夢〉中看到。死亡雖然會帶來侷限、讓生者和死者天人永隔，但在生者的記憶中，兩人卻可以超越時空、季節。這樣的豐富，應該是生者在死亡帶來的貧瘠中，最大的慰藉──雖然從另一方面來說，也可能是最沉重的負擔。

摘自一天的自傳

1

我以雨滴的姿態獲得自由。
我悄悄地來到屋頂。
窗玻璃溢滿清晨。
當你們起床走到窗前：
大地一片濕潤的水窪，
天空一片濕潤的水窪。
嗚，秋天。

我挺起身子，伸伸懶腰，拉開小巷的筋骨。
第一輛馬車開始奔跑，
在路上發出轆轆的〈當朝霞在晨間升起〉。
如果有茶就好了，
只要熱呼呼地快點端上。
我就像黑麵包一樣平凡──
而且日常。

如果你們想要，我會給你們一首歌，風會把它吹到轉角。

工廠的尖哨聲——交響樂團。

韻律——腳步。

冰涼的空氣把人們的衣領拉高，

鞋子也開始變濕。

唉，爛泥。

從那時候起我會在牆上，像是廣告海報一樣無法移除。

不平均的——標語，標語——

色彩繽紛的汙點。

我把自己獻給歌，

我把副歌獻給歌。

廣場上的政黨集會

時裝舞會

今日菜單：牛肚湯

2

當他走過，停下──不可能會錯──
我知道。
我認識這側臉，
熟悉這肩線。
我可以憑記憶
把他複製在冰冷光滑如鏡，
成串排列的玻璃櫥窗上。

時間──隨便什麼時候──融化在動作和噪音中。
雨已經停了，城市逐漸乾燥。
我在某個地方看到你，
我熟悉你的視線，
在那之中有著針對某人的暗黑陰謀──
流浪的時間。

你走在「任何一條」街，你來到「四處」廣場。
你把濕潤的菸草吸進肺部。
紅褐色的煙霧──紅褐色的大衣。
在你於「不存在」街轉彎，

來到「無處」之前，
我抓住你的鈕扣，
往你臉上呵氣，拋出一個問題：
脖子骯髒的公民，站起來！
聽著，告訴我……

「沒有。」

他嵌在
一片人群中──
在乞兒打架的地方。

3

不是從講壇或佈道壇，
沒有承諾或威脅，
我訴說──
彷彿我成為一瞬間，
彷彿我長成一道光柱。
凌駕於熙攘的十字路口之上，
我有如標記掙脫束縛。

我的行動，我崇高的意志
不是用語言堆疊成的。

在歡迎的同時──語言凝結成
麵包和鹽：
神所庇佑的自大──屬於手。
神所庇佑的貪婪──屬於額頭。

身體展開──恐懼和希望──
在太陽短暫的顫抖中
我點燃請求。
我等待歷史，我等待你們。
就讓它召喚我──我渴望此事──
災難或榮耀。

4 從電影院出來

夢在白色的布幕上閃爍。
兩個小時的月亮外殼。

那裡有伴隨著思念旋律的愛情，
以及在流浪後幸運地歸來。

童話過後的世界是藍灰色並且霧濛濛的。
這裡的面具和角色十分簡單。
士兵唱著游擊隊的哀歌，
而女孩也表演著自己的遺憾。

我回到你們身邊，回到真實的世界，
擁擠、黑暗、充滿命運——
站在門邊的獨臂男孩啊，
還有帶著徒勞眼神的女孩。

5

因為動作而比黃昏更濃重的陰影
斜斜地快速穿過中庭然後消失。
我們再次看到：
牆上的衛兵——不知從哪冒出來的
警醒的，灰褐色的貓。

彷彿是寂靜。聲音從同樣浸在

黑暗中的兩棟房子間傳出，更清楚了一點：

兩次錯誤和短暫的猶豫——

用一隻手指彈的鋼琴小曲《貓兒跳上柵欄》。

明亮的窗戶，有著十字的正方形

從上方落下，讓石頭閃閃發光。

有人每年都會陷入不安的

思緒，說：

「夜晚來得越來越早了。」

而在天空中，則是接近其他人的太陽。

在雲朵之後的夜晚並非沒有星星。

我想要——在我成為昨天之前——觀看。

我想要——在我成為明天之前——認識。

1945

許多可能

我比較喜歡電影。
我比較喜歡貓。
我比較喜歡瓦爾塔河上的橡樹。
我比較喜歡狄更斯，勝過於杜斯妥也夫斯基。
我比較喜歡自己喜歡人們，
勝過於愛全人類。
我比較喜歡預備著針線包。
我比較喜歡綠色。
我比較喜歡不認為，
理智是一切的罪魁禍首。
我比較喜歡例外。
我比較喜歡早點離開。
我比較喜歡和醫生談別的事。
我比較喜歡老舊的線條畫。
我比較喜歡寫詩的可笑，
勝過於不寫詩的可笑。
在愛情中我比較喜歡沒有名目的節日，
可以每天慶祝，勝過於周年紀念日。

我比較喜歡那些

不給我任何承諾的道德家。

我比較喜歡狡猾的善意，勝過於太好騙的那種。

我比較喜歡不穿迷彩裝的地球。

我比較喜歡被人侵占的國家，勝過於侵占人的國家。

我比較喜歡有所保留。

我比較喜歡混沌的地獄，勝過於整齊的地獄。

我比較喜歡格林童話，勝過於報紙頭版。

我比較喜歡有葉無花，勝過於有花無葉。

我比較喜歡沒有斷尾的狗。

我比較喜歡淺色的眼睛，因為我的是黑的。

我比較喜歡抽屜。

我比較喜歡許多我在這裡沒有提到的東西，

勝過於許多我在這裡也沒有提到的東西。

我比較喜歡單一的零，

勝過於跟在其他數字後面的零。

我比較喜歡昆蟲的時間，勝過於星辰的時間。

我比較喜歡敲木頭。

我比較喜歡不問還有多久，以及什麼時候。

我比較喜歡考慮到也有這樣的可能，

生命有它自己的理由。

——《橋上的人們》，1986

黑　色

的

歌

對照筆記

Espresso 或土耳其咖啡？

　　日常生活一向是辛波絲卡感興趣的主題。它看似平凡、可以信手拈來，但是要寫得好卻不容易。寫得太瑣碎，變成流水帳，寫得太簡單，讓人覺得無聊，寫得太深奧，又顯得做作。要寫得平實又有滋味，就像是做出好吃的乾拌麵、貢丸湯、燙青菜、荷包蛋，是需要功力的。

　　在〈摘自一天的自傳〉中，辛波絲卡選擇以「一天」的角度出發去寫日常生活。這個新鮮有趣的視角讓她對生活的觀察不會顯得太過籠統，也讓她可以透過「一天」的碎碎念，抒發她對生活的感想。

雖然這首詩讀起來有點鬆散，但它卻很忠實地呈現出那個時代的生活細節，如黑麵包、早晨的聖歌〈當朝霞在晨間升起〉、因為寒冷而拉高的衣領、街上的廣告告示、電影院和鋼琴小曲《貓兒跳上柵欄》（普遍的歌謠，旋律簡單，常被拿來當作初階的練習曲）。

　　有趣的是，雖然辛波絲卡後來和宗教漸行漸遠，但是在這首詩中依然可以看到許多宗教的意象，比如佈道壇、語言凝結成麵包和鹽（改編自宗教頌歌的歌詞：「上帝誕生，火焰凝結，光芒黯淡」）、點燃請求（像是在教堂裡點燃蠟燭）。不過，雖然這首詩中的「一天」有神的味道，它卻不是個全知者，而是像人一樣渴望學習、需要觀看。

　　〈許多可能〉也是在寫日常生活，但是手法更為凝鍊。詩人用

黑　色

的

歌

「比較喜歡」（波蘭文的 woleć 有偏愛、偏好、也有寧願、寧可的
意思，中文「偏愛」有點太強烈，於是我選擇了比較中性的「比較
喜歡」）作為框架，向讀者描繪出一幅生活的景象。這景象不只是
隨隨便便的浮世繪，而是代表著一種選擇過後的生活方式（從許多
的可能中選擇出來），在描述生活的同時，也對生活做出了評論。

　　如果說〈許多可能〉像是精粹的 expresso，那〈摘自一天的
自傳〉就像是將磨碎成粉的咖啡豆用熱水沖泡的土耳其咖啡。
Expresso 直接品味即可，但土耳其咖啡則要靜置，等咖啡渣沉澱了
才能喝下去。哪一個比較好喝見仁見智，但土耳其咖啡在波蘭是很
普遍日常的（尤其在義式咖啡風行之前），偶爾喝喝土耳其咖啡，
反而更能體會波蘭日子的滋味──即使會不小心嚐到咖啡渣。

85

關於九月的記憶

母親過時的特權：
——到神殿裡去找兒子。
為什麼——當心臟停止跳動，
胸口的時鐘還在走？
因爆炸而飛舞的葉子碰觸他的臉龐
就像碰觸別的葉子。

波蘭秋天的平原，
波蘭秋天的山丘——
誰能止住那些道路，
要用什麼樣的繃帶才來得及？
國界——你們身上只有
把自己握成拳頭的力量。

給我們一個支點吧，
我們會搖撼世界的──
波蘭九月的森林，
波蘭九月的河川！
我們的天空澄澈
而大地流滿熱血。

關於一月的記憶

好啦，我們要給世界釘上木板，
這是抵抗冬天和寒風的良方。
在爆炸過後窗戶中
只留下一小塊光線般的玻璃。

往不願燒起來的火堆吹氣是浪費時間，
煙囪裡堆滿了瓦礫。
這是暫時的：火柴和木柴。
這是永恆的：充滿火光的天空。

那個令人目不轉睛的夜晚會來臨。
我們會在等待中屏息聆聽。
街上的窗戶因為車隊的重量
而發出聲響和震動，為了慶祝自由已經到來。

我們的嘴巴離話語很遙遠。

人們的眼睛看到新的城市：

——在人群上方是一片蜂擁的旗海，

斷垣殘壁和痙攣的鐵。

結束與開始

每場戰爭過後
必須有人打掃。
畢竟東西
不會自動歸位。

有人必須把瓦礫
推到路邊,
這樣載滿屍體的推車
才能通過。

有人必須辛苦地走過
汙泥灰燼,
沙發彈簧,
玻璃碎片,
還有染血的破布之間。

有人必須拖來木柱，
用它支撐牆壁，
有人必須給窗戶裝上玻璃，
把門嵌進門框。

這不是很上相，
而且要花許多年。
所有的攝影機
都到別的戰場去了。

橋必須重建，
火車站得蓋新的。
袖子會因為不停捲起
而破爛不堪。

某個手持掃帚的人
回憶過往。
某個人聆聽，
點著他沒有斷掉的頭。

但在他們身邊不遠處，
已經開始出現
會對這些事感到無聊的熙攘人群。

偶爾還有人
會從灌木叢底下
挖出生鏽的論點
然後把它放到垃圾堆上。

那些知道
這裡發生過什麼事的人，
必須讓路給
那些知道得很少的人。
還有那些比很少還少的人。
最後是那些幾乎什麼都不知道的人。

在把因果
覆蓋起來的草地上，
有人必須躺著，
嘴裡叼根草，
望著雲朵發呆。

——《結束與開始》，1993

開始與結束，結束與開始

　　熟悉波蘭歷史的讀者一眼就可以看出〈關於九月的記憶〉和
〈關於一月的記憶〉是在寫什麼。前者是關於戰爭的開始（1939
年 9 月，德國入侵波蘭，二次世界大戰開始），後者則是關於戰爭
的結束（1945 年 1 月，蘇聯紅軍解放華沙，在該年春天，德軍被
逐出波蘭，5 月 8 日德國投降，歐洲的二次大戰結束）。

　　就像許多辛波絲卡早期的詩作一樣，這兩首詩充滿了悲壯、崇
高、愛國的氣氛。情感豐富，卻沒有經過沉澱。畫面熱血，卻流於
表面的口號。

　　不過，這並不表示這兩首詩完全沒有有趣的地方。在〈關於一

月的記憶〉中辛波絲卡很成功地捕捉到戰後的破敗，也用有趣的手法描寫它們。比如「要給世界釘上木板」這樣才能抵禦寒冬（因為戰爭中玻璃都被炸飛了，另一方面，在波蘭文中，「釘滿木板的世界」代表的是「鳥不生蛋的地方」，辛波絲卡在此對這個熟語做了一個顛覆），還有「痙攣的鐵」（表示建築物在被轟炸後，露出歪七扭八的金屬建材）。

多年後，當辛波絲卡再次回到這個主題──〈結束與開始〉，她將順序調換，不寫戰爭本身的開始與結束，而是寫當戰爭結束，重建開始的困難。她寫人們必須把道路清空，這樣裝載屍體的推車才能通過（其實反之亦然，要把屍體運走，裝載建材的推車也才能通過）。她寫人們必須修房子、給窗戶重新裝上玻璃，才能讓殘缺破敗的生活恢復秩序（在這裡，我們可以看到〈關於一月的記憶〉

中的碎玻璃、窗戶木板、瓦礫、斷垣殘壁在此有了新的生命和意
義）。

　　除了物質上的重建，她也寫心理上的重建，但是這部分就不像
物質上的重建那麼理所當然了。當有人回憶過往，有人點頭聆聽，
但是也有人毫不在乎地走過。慢慢的，那些知道發生過什麼事的人
讓路給無知的人，而這件事也被視為理所當然。

　　當然，人不可能永遠活在戰爭的悲傷或重建的艱困中，世界必
須不停地前進、運作。但是，安逸與遺忘，是否會種下另一場戰爭
的種子？和平是結束與開始之間的中場休息嗎？就像辛波絲卡在
〈這裡〉中所說的一樣？

　　辛波絲卡不會回答我們了，我們必須決定自己的結束與開始。

無名士兵之吻

子彈將我螫傷，
人類的一切對我來說如此陌生，
除了我不在其中的時間，
那時間就像是熱氣。
我正在流逝。戰鬥的愉悅
已與我無關。為了愉悅的戰鬥
以及搗毀城門的夢想
在你們眼前。兄弟們，立正。

鄉間的道路——銀白色的思念——
透過哭泣的楊柳發出悲鳴。
母親還會寄兩封信，
或者三封，——然後寫下第四封。
在它們彷彿疲憊的風箏
將距離縮短之前——
我就會把這大世界，這巨大的世界
裝進我小小的傷口。

詩人們，這些為英雄之死

而哭泣的詩歌真是糟糕無比。

他會因為你們的詩歌而感到哀傷，

就像哀悼陌生人的死亡。

他不想當個僵硬如石的

女孩的英雄，

他已經用昨天的手

向你們送上了一個信任的玩笑：飛吻。

越南

女人，妳叫什麼名字？——我不知道。

妳何時生，從何處來？——我不知道。

妳為什麼在地上挖洞？——我不知道。

妳在這裡躲了多久？——我不知道。

妳為什麼咬我的無名指？——我不知道。

妳知道我們不會傷害妳嗎？——我不知道。

妳站在誰那一邊？——我不知道。

現在是戰爭妳必須做出選擇。——我不知道。

妳的村子還在嗎？——我不知道。

這些是妳的孩子嗎？——是的。

——《開心果》，1967

對照筆記

凝視奧馬伊拉 · 桑切斯

〈無名士兵之吻〉和〈越南〉讓我想到奧馬伊拉 · 桑切斯（Omayra Sánchez），那個在哥倫比亞火山爆發中、被困在碎石瓦礫中六十小時、慢慢死去的十三歲女孩，以及她臨死前的肖像。

辛波絲卡在她長年的創作過程中，一次又一次回到「犧牲者的肖像」這個主題。在〈九一一照片〉中她用冷靜疏離的口吻描寫從高樓上縱身躍下的犧牲者，直到最後我們才知道她的慈悲就是不寫下結局。在〈羅得的妻子〉中她寫在逃亡路上回頭看的羅得之妻，從她的角度想像她可能回頭的理由。〈自殺者的房間〉和〈鑑定〉也可算是犧牲者的肖像，雖然前者是從場景去描寫已經不在的人，

而後者是從家屬的角度。

〈無名士兵之吻〉和〈越南〉都是在講戰爭犧牲者。兩者在風格上的強烈對比，也代表了辛波絲卡早期風格和中晚期風格的差異：主觀、充滿悲壯氛圍、情感豐富對照客觀、抽離、冷靜。

不過，雖然〈無名士兵之吻〉的氛圍是激昂、悲壯的，但是其中也有抽離的部分：即將死去的士兵用第一人稱口吻告訴讀者，所有人世的一切對他來說變得陌生。他成了一個局外人，冷眼觀看自己的死亡、母親的悲痛、還有詩人們寫下的、哀悼英雄死亡的詩歌。

如果〈無名士兵之吻〉是外熱內冷，那麼〈越南〉就是外冷內熱。整段對話看起來平淡、甚至無聊，但是卻揭露出發問者和回答者權力極端的不對等，以及戰爭的殘酷。這首詩有趣的一個地方

是，無名指的波蘭文是 serdeczny palec，字面上的意義是「好心、誠摯的手指」（應該和這根指頭是用來戴婚戒、代表一片真心有關），辛波絲卡在這裡也有利用這個字，創造出雙關的語意。

凝視犧牲者的面孔是困難的，尤其是當你知道，你所看著的人馬上會死，或是已經死去，或是正承受著痛苦。這樣的凝視是否有意義？它是一個人道關懷的手勢，還是一種對受害者的剝削？觀看者在這之中看到的是他人的不幸，還是自己的幸運（倖免於難）？這些困難、不安的問題，會在觀看者跨越了「啊，好可憐」的門檻後浮現。而辛波絲卡似乎也是要讓我們不安，才以這些方式寫下這些肖像畫。

寄往西方的信

你是我的擔憂：黑暗的內部。
也是我的遺憾：已然陌生。
但是只要你依然凝視等待，
只要你依然傾聽警醒——
這就是個說服你歸來的好時機 。

我們這裡有個混蛋，他的上衣
和褲子到處都是破洞，打滿補丁，
他坐在一堆建材上搖晃雙腳，
並且輕蔑地嘲笑你。
而不是說：一開始的時候有火災。
而不是說：一開始的時候有廢墟。

原諒你的故土吧，原諒它曾經遙遠，
或是把記憶從它之中拔出來像是植物的根。
但是不要寬容那在你體內的時間！
那是思念海洋的貝殼所發出的聲音。

父親用野草填充菸斗。
在他衰老的手中，微弱的火光在顫抖。
今天他辛苦地修理機器，
然後機器就像憤怒的熊蜂一樣發動。

在我們這裡生活就是這樣實現的。
在我們這裡世界就是這樣實現的。

1946

字彙

「La Pologne[*]？La Pologne？那裡冷透了，對吧？」
她問，然後大大地鬆了一口氣。畢竟最近出現了那麼多
國家，還是談天氣最保險。

「喔，女士，」我想這麼回答她：「在我的國家詩
人們戴著手套寫作。我不是說他們從來不把它脫下，如
果月亮夠暖的話，那是當然。在充滿怒吼的段落裡──
因為只有怒吼才能穿過狂風──他們歌頌海豹牧人簡單
的生活。古典詩人用墨水結成的冰錐在堅硬的雪堆上刻
劃詩句。剩下的，就是頹廢詩人，他們為命運哭泣，只
是從他們眼裡流出來的是雪花而不是淚水。如果有人想
投水自殺的話，他得事先準備好斧頭，以便在結冰的河
面鑿出一個洞。喔，女士啊，我親愛的女士。」

我本來打算這麼回答。只是我忘了，法文的「海豹」
怎麼說。另外我也不是很確定「冰錐」和「鑿洞」的說法。

「La Pologne？La Pologne？那裡冷透了，對吧？」
「Pas du tout.[*]」我以冰一樣的聲音說。

——《鹽》，1962

*La Pologne是法語中的「波蘭」。Pas du tout則是「一點也不」。

對照筆記

陌生的西方與西方的陌生

　　二戰過後，像許多知識分子一樣，年輕的辛波絲卡也曾經熱情地信仰社會主義，並且加入過波蘭統一工人黨（Polska Zjednoczona Partia Robotnicza）。她早期的詩作如果不是在寫戰爭的經驗、對生活的觀察、對生命及世界的沉思、對詩的想法、對愛情、對死者的哀悼，就是在歌頌社會主義。雖然，在《黑色的歌》中她的歌頌還算是節制、隱晦的。

　　〈寄給西方的信〉是這些歌頌社會主義的詩作之一。辛波絲卡用熱切的口吻對移居西方的波蘭人訴說國內的一切，召喚他們回來一起重建這個國家。她像慈母一樣告訴這些陌生的異鄉游子，雖然

在故土上有混蛋，但那是幫忙建築國家的年輕工人。雖然父親用野草填充菸斗（這裡的野草可能指的是劣等的菸草，但也有可能是真的野草），必須辛苦地修理機器，但它會像憤怒的熊蜂一樣發動（這畫面深具革命象徵）。如果游子在聽了這些勸告，還不願回來，辛波絲卡也接受，但是她依然頑固地指出：游子無法忘懷他體內的鄉愁，就算他把對故土的記憶連根拔起。

1957 年，辛波絲卡第一次來到西方——她得到國家補助，和其他作家一起來到巴黎（在此要補充說明一下：在波蘭人民共和國期間，人民不能擁有護照，所有的護照都在警察局，每次出國都需要申請批准，回國也要將護照歸還）。或許是受到這次旅行的啟發，在辛波絲卡於 1962 出版的詩集《鹽》中，出現了一首關於和西方

人交談的詩〈字彙〉。

　　和〈寄給西方的信〉的熱切、相信人與人之間溝通無障礙的風格相較，〈字彙〉是冰冷的，人與人之間的交流也充滿重重障礙。這障礙表面上來自語言（「只是我忘了，法文的『海豹』怎麼說。另外我也不是很確定『冰錐』和『鑿洞』的說法。」），但其實語言只是冰山一角，更深層的原因是：就算解釋了，活在自由世界的西方人也無法理解「戴著手套寫作」、以迂迴的方式避開文字檢查，對波蘭作家來說到底代表著什麼。

　　辛波絲卡嚐到了哀愁的滋味，但是這哀愁無法對任何人直接訴說，也只能欲語還休，或是寫出這欲語還休的無奈了。

獻給詩

1

日子的顏色是從天空和葉片來的，
所以我們在蠟筆盒裡找不到它。
在花園遁入陰影之前，
我必須把我的眼睛換成文字。

在太陽底下慵懶的詩人們
與在枝葉上慢吞吞爬行的蒼蠅們有著不同的智慧，
蒼蠅不知道自己精確的拉丁名稱，
也不知道自己翅膀在陽光下的戲謔。

你們比詩還要脆弱。

你在飛行時就會忘了自己。

2

思緒──就像是空屋裡的風。

城市的一刻：牆上的陽光。
一扇窗戶打開自己的黑暗。
一點都不崇高。在牆的陷阱中。

有誰會需要關於死亡的知識。
因為它桌上的茶都涼了。
一點都沒有氣氛。肥皂般的文字。

世界的一刻：寂靜不會等。
噪音有如沙塵灑進窗戶。
一點都沒有詩意。給石頭和夢。

3

嬉戲的人散去，院子變得空洞。
我看著它，彷彿一個陌生的地方。
一個孩子留下的鐵圈——
沒有赤道的地球。

這是祈求的好時機：

我想要在你張得大大的眼中
看到一個更好的明天，
像你一樣
把手在火焰中交叉。

院子變暗了。
鐵圈會在那裡等到清晨。
不可以玩火。
我不能見到你更多。

有一粒沙的景色

我們叫它一粒沙。
但它不會叫它自己顆粒，或是沙。
沒有一般、特別、
暫時、永久、
錯誤或正確的名字，
它依然悠然自得。

我們的視線和觸摸對它不起作用。
它感覺不到我們的目光和觸摸。
而它掉落到窗台上，
只是我們的冒險，不是它的。
對它來說，掉到什麼地方都一樣，
不管是否確定已經掉落，
還是在掉落的途中。

從窗戶望出去可以看到一座美麗的湖，
但這景色看不到自己。
在這世上它以無色、無形、
無聲、無味、
而且無痛的姿態存在。

湖底意識不到底，
湖岸察覺不到岸。
湖水不會感覺到自己是濕還是乾。
對浪潮來說，單數或複數沒有差別，
它們聽不見自己嘩啦啦的拍擊聲，
拍在不大也不小的石頭上。

而這一切都在沒有天空的天空下發生，
日落時太陽完全沒有落下，
而當太陽躲在一朵無心的雲朵後方時，它並沒有在躲藏。
風把雲吹散，不為了任何其他理由，
只是因為它在吹。

一秒鐘過去。

兩秒鐘過去。

三秒鐘過去。

但那只是我們的三秒鐘。

時間流逝像是身負緊急訊息的信使。

但這只是我們的比喻。

這是個幻想的角色，它的緊急是虛構的，

而它的訊息是非人的。

——《橋上的人們》，1986

看世界的人

讀詩或寫詩的人，應該對這樣的情境很熟悉：看到雲，詩人說這代表偶然。看到高山瀑布，詩人說這讓我們感到人類渺小。看到玫瑰，詩人歌頌愛情。看到浪花，詩人頓悟生命無常。看到沙、小孩拿來玩耍的鐵圈、陽光、蒼蠅、花園……詩人都可以說出一個所以然，賦予這些事物意義和象徵，讓它們營造出氛圍和意象。或者，就算詩人沒說，評論家和讀者也會解釋出一個所以然。似乎，寫作和閱讀就是一場尋找意義的競賽。

在這萬物皆有所指、萬物充滿意義的宇宙中，辛波絲卡的〈有一粒沙的景色〉像是一種反問：「你真的有想到沙在想什麼嗎？還是你只想到你自己？搞不好它什麼都沒想，什麼都不想代表／象徵／比喻，只是簡簡單單地存在，即使沒有我們，它也可以過得很好？」

「宇宙萬物存在，不管我們是否存在，不論我們對宇宙萬物有什麼看法」的命題，其實一直在辛波絲卡的作品中反覆出現。除了

〈有一粒沙的景色〉，在早期的〈獻給詩〉中，辛波絲卡也提到：
「蒼蠅不知道自己精確的拉丁名稱，也不知道自己翅膀在陽光下的
戲謔。」而在〈評論一首沒被寫下的詩〉中，詩人則用評論家的角
度和自己對話，批評詩人「也許在太陽底下，或是在世界所有的太
陽底下我們真的是孤獨的？」的論點完全不顧機率論和今日普遍被
接受的信念。

　　但是問題來了：辛波絲卡和我們一樣沒有讀心術，沒有和宇宙
萬物溝通的能力。她又怎麼知道，沙、湖、天空對我們怎麼看待它
們無動於衷呢？搞不好它們會很開心，或者覺得「唉，人類都不懂
我，解讀能力太差」？也許，這又會是另一個「子非魚，安知魚之
樂？」的辯論？

　　如果不能寄情於外在事物（因為外在事物根本不在乎我們），
表達內在的情感是困難的。畢竟，內在的感覺很抽象而且看不見，
最能讓人理解的溝通方式還是透過看得見的外在事物來表達。所
以，雖然辛波絲卡對沙是否願意代表我們有疑慮，她還是寫下了
〈奇蹟市集〉，透過雲、倒影、母牛、日出日落來表達她對日常奇
蹟的看法──雖然這些奇蹟可能不會自認為是奇蹟。

生命線

轆轆的馬車聲。
煤炭。
早晨才剛來到。
煤灰在路上留下軌跡。

老女人，妳必須靈活點，
彎腰撿拾那一小塊黑色的煤。

我尋找，這一切是如何在我手上展開：
寬廣的世界，未來的日子，快樂。

我手上的生命線——
　或許是一個彎腰鞠躬的背。
我的罪過：埋伏等待馬車到來。
　巫婆。
臉色發青。
在寒冬中。

1946

在老人院

雅博絲卡，那個過得不錯，總是同意一切，
總是像個女公爵一樣在我們之間穿梭的女人。
而且還做頭髮，還戴頭巾——
她的三個兒子都在天堂，也許其中一個會伸出頭來看她。

「如果他們活過戰爭，我今天就不會在這裡。
冬天我會去找一個兒子，夏天去找另一個。」
她就是這麼盤算的。
她十分肯定會如此。

然後她在我們面前點著頭，
問我們那些沒被殺死的孩子在幹什麼，
因為她的第三個孩子，
「一定會邀請她去他家過節的。」

他一定會駕著金色的馬車過來，

而且還是由，喔，白色的鴿子拉著的，

這樣我們所有人都會看到，

並且永生難忘。

甚至有時候瑪莉亞小姐也會在聆聽的時候微笑，

瑪莉亞小姐是護士，

提供我們全天候的憐憫，

除了休假期間和禮拜天。

——《萬一》，1972

對照筆記

女人的肖像

　　雖然辛波絲卡從未刻意強調她女詩人的身分，但是她的詩作卻很有女性特質，也有女性觀點。她從小地方著眼，從日常生活的細節寫大事件，在餐桌上和廚房裡思索人生，而且她的詩總是有一份女性的溫柔（但是不會太過濫情）和悲憫（但是充滿理智）。

　　辛波絲卡也寫女人的肖像，為在男性敘事下不能發聲的女人發聲，讓讀者看到女人是怎麼經歷生命、看待生命。她替羅得之妻平反，列舉出她在好奇心之外可能回頭的理由（因為她想家、不想繼續看到羅得、因為疲累、孤寂、害怕、憤怒）。她為卡珊卓寫下獨白，讓人們看到從她口中說出來的，不只是恐怖的預言。她寫愛人

119

的母親，寫拉扯桌布的小女孩、寫身為青少女的自己、寫因為戀愛而失魂落魄的女人、魯本斯的女人、英雄的母親、自己的姊姊、從火災中救出兒童自己卻犧牲的女老師……。

〈生命線〉和〈在老人院〉也是女人的肖像，而且都在寫社會邊緣的女人。〈生命線〉雖然簡短，但是就像炭筆畫一樣把一個窮困、必須在街上撿煤炭才能獲得溫暖的老女人的形象，寫實地描繪出來了。有趣的是，這首詩令人想到賣火柴的小女孩。小女孩也是點燃火柴才能得到溫暖，不同的是，小女孩在凍死之前有看到幸福的幻影，而老女人則在手上的生命線（也許因為摸了煤炭，線條更加清楚？）看到自己必須一輩子卑微地活著。

〈在老人院〉描繪了一群女人。我們看到外表自信光鮮、盛氣凌人、但內心其實充滿不安、腦袋可能也有些問題的雅博絲卡，也

看到面目模糊的「我們」（雅博絲卡的聽眾），以及給所有人提供全天候憐憫及照顧的護士小姐。同樣地，辛波絲卡只用寥寥幾筆就把一個充滿戲劇性的場景呈現在我們眼前。這場面充滿張力，卻沒有對劇中人物提出任何主觀的評斷。

　　辛波絲卡寫女人有趣的地方是：她以女人的生命經驗和觀點出發，但是她不會刻意去劃分，什麼是「女人的」，什麼不是。她也不會給我們一個「典型的」女人形象（比如典型的賢妻良母、典型的女性主義者）。她筆下的女人會哭會笑，有優點有缺點，就像所有的人一樣。

諸靈節

我不是為了悲傷而來；
　　而是為了
把骯髒的濕樹葉掃除，
這樣會比較漂亮清爽。

我不是為了反抗而來；
　　只是為了
點亮小小搖曳的火光，
保護它們不被風吹熄。

空間不會是孤獨的：
　　我會讓冷杉和紫菀做成的花圈
擁抱醜陋的墳墓。

那時候會發生更多事：
　寂靜在我們頭頂──不屬於恐懼，
而是屬於嘗試。

我沒有在這裡等待詩歌；
　而是
為了尋找、抓住、擁抱。
活著。

墓誌銘

這裡躺著彷彿逗點一樣老派的
寫了幾首詩的女詩人。願大地
給予她安息，雖然她
不屬於任何文學團體。
但在這土塚上也沒什麼更好的東西
除了這首小詩，牛蒡和貓頭鷹。
路人啊，把你公事包裡的電腦拿出來
然後思考一下關於辛波絲卡的命運吧。

—— 《鹽》，1962

葬禮

「這麼突然，有誰會想到。」

「神經質和香菸，我警告過他。」

「還可以，謝謝。」

「把這些花解開。」

「他哥哥也是心臟病去世的，應該是家族遺傳。」

「您留這種鬍子我差點認不出您。」

「他自己的錯，他總是淌渾水。」

「那個新來的本來要發表演說，我沒看到他。」

「卡澤克在華沙，塔德克到國外去了。」

「妳最聰明，妳帶了傘。」

「他是他們之中最有天分的，那又怎樣。」

「走道通過的房間，芭夏不會同意的。」

「當然，他是對的，但那不是理由。」

「門還有上漆，猜猜看多少錢。」

「兩個蛋黃，一匙糖。」

「不干他的事，他幹嘛這麼做。」

「只有藍的，而且只有小號。」

「五次，沒有一次有回音。」

「隨便你怎麼說，我是可以這麼做，但你也可以。」

「還好她之前有那個工作。」

「嗯，我不知道，也許是親戚。」

「神父長得真像貝爾蒙多。」

「我還沒來過墓園的這邊。」

「一個星期前我夢到他，就有預感。」

「他女兒長得不錯。」

「早晚會輪到我們。」

「代我向未亡人致意，我趕時間。」

「用拉丁文聽起來莊嚴多了。」

「逝者已矣。」

「再會，女士。」

「也許去喝一杯。」

「打電話給我，我們聊聊。」

「坐 4 路或者 20 路。」

「我走這邊。」

「我們那邊。」

——《橋上的人們》，1986

對照筆記

與死者／死亡交談（之二）

　　除了和死者交談、思索死亡，辛波絲卡也對墓地很感興趣。和台灣多半位於山上、放眼望去會有一點壓迫感的墓地比起來，波蘭的墓園在城市裡，種植了許多花木，在裡面散步感覺很輕鬆。和台灣一樣，波蘭也有掃墓節，在每年十一月一日的萬聖節（Wszystkich Świętych ／ All Saint's Day）和十一月二日諸靈節（Zaduszki ／ All Souls' Day）期間，在全國的墓地都可以看到攜家帶眷去掃墓的波蘭人。

　　掃墓的時候，波蘭人會帶菊花和一種裝在彩色玻璃罐裡的蠟燭

（znicz），把它們獻給死者。晚上一到，墓地就閃爍著五顏六色的光球，非常漂亮。墓園外頭還有市集販賣糖果餅乾氣球。克拉科夫人習慣在萬聖節吃一種叫做「土耳其蜂蜜」（miodek turecki）的超甜糖果，脆脆硬硬的，裡面有碎花生。。

在這樣的文化背景下，寫關於墓地的詩、在墓地旁沉思、聊八卦、尋找心靈平靜，似乎是一件再稀鬆平常也不過的事，就像是在早餐桌上吃早餐、看報紙、思考人生、聊日常瑣事。

在這三首詩之中，最早寫下的〈諸靈節〉死亡的感覺最重，悲傷的感覺也依然在（雖然敘事者說「我不是為了悲傷而來」）。透過清理樹葉、點蠟燭、獻花，敘事者把死亡引起的悲傷、恐懼和孤獨轉化成生命的感覺。在這首詩有一個有趣的句子：「這樣會比較漂亮清爽。」在原文中，詩人用的是「tak będzie piękniej i lżej」，

字面上的意思是：「這樣會比較漂亮比較輕。」這裡的輕有「墓地
會比較乾淨清爽」的意思，也有「心情比較輕鬆」的味道。但是在
中文難以兩全，所以只選擇了清爽。

　　〈墓誌銘〉用一種逗趣、開玩笑的方式寫自己的死亡，是預告，
也是預習和預演，死亡的味道相對來說比較淡。〈葬禮〉中的死亡
氣息則更淡了，整首詩繞著生者的寒暄、抱怨、嚼舌打轉，生意盎
然。

　　但是不管多麼有生氣，死亡終究是死亡而且無所不在。或許在
辛波絲卡詩中，生與死的關係就像村上春樹說的：「死不是以生的
對極，而是以其一部分存在著的。」（賴明珠譯）因此每一首關於
生命的詩，反面都是死亡，反之亦然。

高山

雲和岩石。
預感和觸摸。

在這裡讓心瘦下來比較容易，
讓光線優先通過。

石頭臣服於深淵，
就像每一個不留神的孤寂。

溪流有巨石的湍急。
天空在森林間迴響。

再往下面一點有星期三，
ABC 和麵包。

未曾發生的喜馬拉雅之旅

啊，這就是喜馬拉雅了。

群山往月亮奔馳。

起跑的一刻

在突然拆了線的天空定格。

雲朵的沙漠坑坑洞洞。

撞擊虛空。

回音——白色的啞巴。

寂靜。

雪人，在下面有星期三，

ABC 和麵包，

在那裡二乘二等於四，

而且雪會融化。

紅色的蘋果，

平分為四等分。

雪人，在我們這裡

不是只有罪行才可能發生。

雪人，不是所有的字

都是死亡的判決。

我們繼承希望——
遺忘的天賦。
你看著吧，我們會在
廢墟生兒育女。

雪人，我們有莎士比亞。
雪人，我們會拉小提琴。
雪人，在黃昏
我們點上燈。

這裡既不是月球，也不是地球，
眼淚會結冰。
喔雪人，半個特瓦多斯基，
想想，回來吧！

被四面的雪崩環繞，
我呼喚雪人，
用力跺腳取暖
在永恆的
雪上。

——《呼喚雪人》，1957

從山上到山下

　　比較辛波絲卡的早期詩作和中晚期詩作，可以發現很多在早期
出現的主題，會在中晚期以另一種方式出現。在有些詩中，甚至會
出現一模一樣的字句，〈高山〉和〈未曾發生的喜馬拉雅之旅〉正
是如此。

　　〈高山〉主要描寫山上風光帶來的震撼，整首詩充滿出世的意
味，直到最後一段才從上面俯瞰下界，看到世俗的星期三、ABC
和麵包。

　　而〈未曾發生的喜馬拉雅之旅〉雖然也在山上發生，但是敘事
者卻呼喚山上的雪人，不要與世隔絕，不要獨自關在高處。敘事者

用星期三、ABC、麵包和紅蘋果（有趣的是，「紅色的蘋果，／平分為四等分。」出自波蘭民歌〈紅蘋果〉的歌詞）來引誘雪人，還加上莎士比亞和小提琴。雖然下面的世界不是那麼美好，但並不是只有罪行和死亡。這很符合辛波絲卡的世界觀——在她的世界中，沒有完全的好也沒有完全的壞，一切都是複雜、矛盾的。

在〈未曾發生的喜馬拉雅之旅〉中有個有趣的意象，就是辛波絲卡用來稱呼雪人的特瓦多斯基。特瓦多斯基（Pan Twardowski）是波蘭傳說人物，他把靈魂賣給惡魔，但和惡魔約定，惡魔只能在羅馬取走他的靈魂。特瓦多斯基一直避開羅馬，有一天他來到一間叫做「羅馬」的酒館，惡魔出現打算取走他的靈魂，把他帶到地獄。但是半路上特瓦多斯基開始向聖母禱告，惡魔只好放手，特瓦多斯

基於是掉到月球，從月球俯瞰地球上的一切。

　　不小心來到月球上的特瓦多斯基就像不小心來到月球的嫦娥，會引起人們的好奇和猜測：「他／她在月球上過得好嗎？會後悔嗎？會想家嗎？他／她是怎麼看地球的呢？」或許這是為什麼辛波絲卡會想要在這裡和彷彿特瓦多斯基的雪人對話（但雪人只是半個特瓦多斯基，因為他不住在月球），另一方面也透過這個比喻猜測：雪人也許不是完全自願來到高山，所以是可以說服他回來的。

　　雪人回得來嗎？他在山下會不會不適應？被雪崩環繞、卡在山上的詩人，是否也像是孤獨、冷眼旁觀世界的雪人？某種程度上來說是的，但可以確定的是，如果辛波絲卡是雪人，她的心也不是冰冷的，而是有黃昏燈光的溫暖。

漫遊

1 田野街

那個被詩句和天光
所信任的男孩，
已經在早晨的開始
就倚靠著站牌站立。
充滿第一批平凡腳步聲的時刻
還沒有到來。
那個尋找真相的男孩，
不是任何人的同盟。

他想：
「今日的清晨和昨日的差不多──
今日的清晨也和明日的差不多──」

街道──不管它有多麼田野──
跟城市緊密地結合。
它和夜色一起遁入黑暗，
也第一個從夢中清醒。
那個在等電車的男孩，
獨自暗示它的反抗。

他說：
「纖弱的小街道──
晨曦中的纖弱小街道──
雖然活人來到這裡。
轉角的黑暗卻驅趕他們。
所有認識的人都在這一刻
嘗試互相問候。
根據年齡脫帽敬禮，
根據功勳判斷天氣
並且從傾斜的邊緣觀看
轟隆隆的軌道。」

「晨曦中的纖弱小街道，
如果用鮮花把你覆蓋
你將會因為那一天的幸運
而昇華。」

2 放雕像的地方

胖胖的年輕女孩
叫賣純伏特加和櫻桃伏特加。
沒睡飽的老女人
吮喝她和女孩頭髮一樣的香菸。
閃著戒指光芒的年輕人
頌讚美金。
他們的喧譁黏到男孩身上，
而他把他的微笑收進瞳孔，
當他想著：
「詩人的雕像
曾在輕率的時代矗立於此，」
當他預言：
「我和他們一起踩踏石頭，
這石頭比銅還堅硬。」

這生活、這旋律、這國家
正是給士兵吹口琴的最佳素材！
有時候歌聲會因為士兵抬起帽沿
——為了致敬答謝——而中斷。
就讓這一天充滿色彩吧——

在鈔票上有著多彩繽紛的圖畫。
路過的男孩
把自己的足跡留下。

他威脅：
「在這裡將會有一座雕像
反抗輕率的人們。」

他預言：
「士兵的雕像
把口琴放到唇邊。
雖然他是石頭做的——但他會喚醒音樂。
而這音樂——不是拿來販賣的。」

3 縫旗幟

女人們縫布料的速度
比迫不及待就要來臨的節日還要快。
不重要——站在門檻——
男孩彷彿從夢中驚醒般驚訝。
今天時間在剪刀的刀口，
在縫製的韻律上彎腰，
明天就會在風中獵獵作響。

男孩向最尊貴的
白與紅的紡織廠致敬，
以及那些準確地
把白與紅結合的雙手。
他想：
「是因為驚奇，
才產生了對字句的需要。
所以每一首詩的名字
都是驚奇——」

他陷入陰鬱：
「我的話語
總是太崇高。它太渺小了。」

4 衡量

走過許多地方及日子的行人
——被擊潰的地方和被擊潰的日子——
永恆的男孩重複這句話。
房子、爆炸和天空的記憶。
化為粉塵落入虛空的三面牆：

寬度高度長度。
第四面牆是赤裸的，
像是時間。尺寸和重量。

在窗戶的內牆
有著前人費勁畫下的鉛筆痕跡。
那隻想要記下孩子身高的手
是多麼堅定啊！
再往上看：沒有任何東西了。
比這些標記還精準的是：
子彈的彈孔，
它們給身形瘦長的青少年
以及成年的青年標記生命的刻度。

那個嘴巴沒有通過
花朵考試的男孩，
那個心中必須過久地擁有
一份愛情的男孩──
苦苦思索：
這嚴肅是如此持久，
用青春來稱呼它──是太狹隘了。

可以是無題

就這麼發生了，在一個晴朗的早晨
我坐在河邊，
在樹下。
這是一件平凡無奇的事，
不會被寫入歷史。
這不是動機會被研究的
戰爭或協議，
也不是值得傳誦的討伐暴君的事蹟。

但是我坐在河邊，這是個事實。
既然我在這裡，
我一定是從某個地方來的，
在那之前，
我也一定待過許多其他地方，
完全就像那些踏上甲板之前的
大陸征服者。

每一個飄浮不定的片刻都有著波濤洶湧的過去，
它有著星期六之前的星期五，
六月之前的五月。
它有著自己的地平線，
就像在司令官的望遠鏡中一樣真實。

這棵樹是一棵在此生根多年的楊樹。
這條拉布河也不是從今天才開始流。
穿過灌木叢到此地的小徑
並不是前天才剛被人踩出來。
風如果要把雲朵吹散，
在那之前必須把它們從別處吹來。

雖然附近沒什麼重大事件正在發生，
世界不會因此而變得
比它充滿遷徙人潮的時候
更缺乏細節和理由，或者定義模糊。

寂靜不只伴隨著秘密陰謀出現。
不是只有加冕時刻才需要原因隨行。
不是只有起義紀念日才會見證周年，
河岸邊被人踩踏的石頭也有自己的春秋。

眼前的事物有如刺繡，充滿錯綜複雜的情境。
草地上螞蟻正在穿針引線。
草地被縫到了地面上。
潮水形成圖案，裡面有著正在漂流的樹枝。

就這麼發生了，我在這裡觀看。
在我頭頂有一隻白色蝴蝶
在空中拍著只屬於牠自己，不屬於任何人的翅膀，
影子在我手上飛過，
不是別的，不是別人，只是蝴蝶的。

看到這樣的一景，這樣的自信
總會離我而去——
重要的事物比不重要的事物重要。

——《結束與開始》，1993

對照筆記

不重要的重要性

　　讀辛波絲卡早期作品的樂趣之一，就是在她的詩中讀到當時生活的細節。彷彿一個畫素描的人，辛波絲卡把這些細節化為文字，帶給我們那個時代的浮世繪。在〈漫遊〉中，我們看到一邊等車的人們、賣酒、賣菸、非法賣美金的人、吹口琴的士兵、縫旗幟的工廠女工以及廢墟的彈孔。

　　然而，光是描寫細節，可能會變成流水帳。所以辛波絲卡在這首詩中用了和〈摘自一天的自傳〉同樣的手法（有趣的是，這兩首都是組詩）：找一個敘事者，用他的眼睛來觀察，透過他的嘴來抒發。

如果說〈摘自一天的自傳〉中的「一天」是一個冷靜、略帶疏離的觀察者，那麼〈漫遊〉中男孩注視的目光就是熱情、投入的。他比「一天」有更多的意見，對他所觀察到的事物也有明顯的好惡。他輕視那些輕率的人們以及販賣音樂的士兵，推崇反抗輕率的雕像，以及縫製旗幟、為國家犧牲奉獻的女工們。他心中有一把尺來衡量、劃分重要的事物和不重要的事物，並且賦予它們道德上的價值。

和男孩比起來，〈可以是無題〉的敘事者對重要的事物和不重要的事物劃分就沒有那麼清楚，也沒有以道德的眼光來看它們。她把目光放在看似不重要的事物上：一個人坐在河邊、看樹、看河、看草地、看現實中的細節。她肯定石頭和蝴蝶也有自己的故事和重要性，並不是一切都要為人們存在、成為人們的譬喻象徵或是因為

人類才顯得重要。

　　〈可以是無題〉中有一個有趣的雙關語：當辛波絲卡提到周年紀念和石頭時，她用的是：「Potrafią być okrągłe nie tylko rocznice powstań, ale i obchodzone kamyki na brzegu.」字面上的意思是：「不只起義紀念日是圓的，河邊被人踩踏的石頭也是。」在波蘭文中「圓」也可以用來形容整數的周年（十周年、二十周年、三十周年），但在中文中沒有這樣的意思，所以中譯做了一些更動，把重點放在時間而非圓。

　　重要的事和不重要的事哪一個重要？這個問題沒有一定的答案。但從辛波絲卡風格的變化我們可以看出，她越來越被不重要的事物吸引，在獵獵作響的旗幟和靜靜躺著的石頭之間，她似乎比較喜歡後者。

微笑的主題

那隻從陽光日子中掉出來的鳥，
在昏暗的室內拍動翅膀——
她把牠捉住。讓牠猛烈跳動的心安靜下來：
「朋友，這真是一場冒險啊！」

當她——放牠飛走——讓牠自由，
讓牠在飛行中潛入空間——
書本的眼睛和時刻的眼睛
從驚訝的角落抬眼望牠。

1947 年 1 月

在公園裡

「哇，」小男孩驚訝地說：
「這個女的是誰啊？」

「這是慈悲的雕像
不然就是那一類的。」
媽媽回答

「啊為什麼這個女的
被打…打…打…打得那麼慘？」

「我不知道，我記得
她一直以來都是這樣。
市政府應該做點什麼。
不然就丟掉，不然就修一下。
好了好了，我們走了。」

——《瞬間》，2002

詩人的極短篇

　　辛波絲卡的的許多詩都很有敘事性。她用淺白又精煉的白描、對話、獨白陳述事件，用遠景、中景和特寫帶我們看到人物的外在行為或內心世界。讀辛波絲卡的詩就像是讀極短篇，或是看紙上電影。

　　辛波絲卡的保加利亞譯者布娃嘉 · 迪米崔瓦*（Блага Димитрова）曾說，她從辛波絲卡那裡聽到，辛波絲卡在四〇年代開始寫小說，後來越寫越短，到最後只剩幾行字。辛波絲卡也曾在一場訪談中提到過，她一直覺得自己是一個寫 proza*的人，她開始寫小說後，並沒有放棄這個文類，只是後來用比較不同的方式去寫。

　　辛波絲卡早期的作品中有比較多散文詩（在《鹽》這個選集中就有四首），雖然後來她不再寫散文詩，但是她偶爾還是會用詩來寫極短篇。〈微笑的主題〉和〈在公園裡〉就是敘事性很強的短詩，而且也不像其他詩作會夾敘夾議，可以算是比較純粹的小說。

　　極短篇看似簡單，但不好寫，稍不注意，就可能失手。〈微笑的主題〉是有瑕疵的作品，詩人試圖透過一個簡單的情境（一隻鳥

飛進室內，然後又被放走）表達一些什麼，甚至把它提升到某種高度，但是因為寫得太模糊，讀者感受不到詩人想傳遞的信息，只感受到氛圍。

相對來說，〈在公園裡〉就是一篇很精準犀利的極短篇。小男孩看到慈悲的雕像，問母親它為什麼被毀壞了。母親冷漠的回答可以看成只是針對雕像而發出的感想，但從另一個層面來看，這也是人們普遍面對慈悲的態度：冷漠、事不關己、只有在身受其害時才會意識到失去它的痛苦。

雖然不知道辛波絲卡如果成為小說家，她的小說會寫得如何，但是作為一個在詩中寫小說和散文的詩人，她讓她的讀者擁有同時享受這三種文類的福氣。

* 布娃嘉·迪米崔瓦的話出自波蘭選舉報（Gazeta Wyborcza）的訪談（2000年8月5-6日），辛波絲卡的話則出自《人民的聲音》的訪談（1975年3月20）。這兩段引文都可以在安娜·碧孔特（Anna Bikont）和尤安娜·許錢斯納（Joanna Szczęsna）所著的《記憶的雜物間：辛波絲卡傳記》（Pamiątkowe Rupiecie. Biografia Wisławy Szymborskiej）中讀到（克拉科夫，2012，184頁）。

* 波蘭文中的proza涵義比較廣，包括小説及散文。

關於追人的人與被追的人

時間是石頭做的
所以活著——就得變成石頭。
土地被冠上陌生的名字。
天空由陌生的呼吸支撐。
街上的窗戶——石頭眼珠——
日夜黯淡無光。
街道——花崗岩峽谷——
因為堅硬的腳步聲而震動。
那些被嵌在緊密隊伍之中的人
走著——而他們白色的瞳孔
已經在很久以前、在遙遠的地方死去。
他們測量——而他們白色的瞳孔
死去了,這樣才能量得更精準。
我們不預期這裡會出現一項條文
關於活人身上活生生的瞳孔。

一個把臉埋藏在大衣領子裡的

兄弟，把死亡的重擔背在背上。

他很快就摸透了大門的黑暗，

以及蜿蜒樓梯慈悲的寂靜。

他住在那裡，保持警醒：一小塊室內，

一小段扶手，牆壁的呼吸。

有時候在殘破的窗玻璃旁，

他會數自己還剩下多少彈藥。

有時候：他會用一道光線，

把自己的心包圍，彷彿那是前線。

承載著空洞熔渣重量的，

沒有熄滅的火星燃燒著我。

時間是石頭做的

但是城市在火焰上。

1947

筆記

在第一個展示櫃裡
放著石頭。
我們在它上面
看到不明顯的裂痕。
意外的傑作，
有些人會這樣說。

在第二個展示櫃裡
放著一部份的額骨。
很難判定──
到底是動物的還是人的。
骨頭就是骨頭。
讓我們往前走。
這裡一無所有。

留下來的只有
石頭打出來的火花
和星星那
古老的相似性。

它們許多世紀以來
相隔遙遠，比較的空間
保存得很好。

是那空間
把我們從物種中引誘出來，
將我們從夢中帶出，
甚至在夢這個字出現之前。
在夢中，所有活著的事物
為了永恆而出生，
而死亡不代表滅亡。

是它
讓我們轉頭去看人性，
從火花到星光，
從個人到眾人，
從每個人到所有人，
從太陽穴到太陽穴，
還有那沒有眼皮的東西，
它在我們之中將其打開。

天空

從石頭中飛出。

木棍分岔

長成一片濃密的末梢。

蛇從一團自己的理由中

抬起毒牙。

時間

在樹皮上流逝。

被吵醒那人的叫喊

在回音中繁殖。

在第一個展示櫃裡

放著石頭。

在第二個展示櫃裡

放著一部份的額骨。

我們背離了動物。

有人會背離我們。

透過某種相似性。

某件事和另一件事的比較。

——《鹽》，1962

與石頭交談

我敲石頭的門。
「是我，讓我進來。
我想要走入你的內在，
四處看看，
把你吸進我體內就像氧氣。」

「走開。」石頭説：
「我是完全緊閉的。
就算被敲成碎片，
每個碎片也都會是緊閉的。
即使被磨成沙
我們也不會放任何人進來。」

我敲石頭的門。
「是我，讓我進來。
我只是因為純粹的好奇心而來。
對它來説生命是唯一的一次機會。
我打算在你的宮殿散步，

之後我想要拜訪樹葉和水滴。
我沒有很多時間。
我有限的生命應該會打動你。」

「我是石頭做的。」石頭說：
「身為石頭我必須保持嚴肅。
離開這裡。
我沒有笑的肌肉。」

我敲石頭的門。
「是我，讓我進來。
我聽說在你裡面有很大很空曠的房間，
從來沒有人看過，它們的美都荒廢了，
那裡一片沉悶，聽不見任何腳步聲的回音。
承認吧，你自己也對此了解不多。」

「這些房間很大很空曠，」石頭說：
「但是裡面沒有空間。
美麗，或許吧，但那是你
貧乏的感官無法欣賞的。
你可以認識我，但你永遠無法體會我。」

我對你展現我所有的表面，
但我的內在是背對你的。」

我敲石頭的門。
「是我，讓我進去。
我沒有要在你體內尋找永恆的庇護。
我沒有不快樂。
我不是無家可歸。
我的世界值得我回去。
我會走進你，然後空手而歸。
我曾經來過的事實，
只有字句能證明，
沒有人會相信它。

「你不會進來。」石頭說：
「你缺乏參與的感官。
沒有任何感官可以取代參與的感官。
即使你的目光銳利到可觀萬物，
沒有參與的感官，它對你沒有任何用處。
你不會進來，你只隱約知道那感官是什麼，
只對它的雛型和想像略懂皮毛。」

我敲石頭的門。
「是我，讓我進來。
我沒辦法等兩千個世紀，
就為了進到你的屋簷下。」

「如果你不相信我，」石頭説：
「那就去問樹葉，它會説和我一樣的話。
去問水滴，它的説法會和樹葉一樣。
最後你可以問問你頭上的毛髮。
我真想大笑，大笑，好好地縱聲狂笑，
但我不會笑。」

我敲石頭的門。
「是我，讓我進來。」

「我沒有門。」石頭説。

——《鹽》，1962

對照筆記

人石之間

在辛波絲卡的詩作中，有些主題會反覆出現，比如說星星、外太空、地球、喜劇、畫作、植物、愛情、石頭。彷彿小津安二郎電影中的演員（小津喜歡和同一批演員合作），這些主題從一首詩流浪到下一首詩，在每首詩中扮演不同的角色，也在詩與詩的空隙之間成熟老去，下一次出場的樣貌也許和第一次登場時完全不同。

〈關於追人的人與被追的人〉、〈筆記〉和〈與石頭交談〉是非常有趣的一組對照。雖然在這三首詩中都有石頭，但在每首詩裡石頭的面貌都不太一樣，而且這三首詩的風格也很不同。

161

在〈關於追人的人與被追的人〉中石頭是一個象徵，代表著某個時代（「時間是石頭做的」），而在這個時代中存活下去，人事物非得符合時代精神不可（「變成石頭」）。我們看到窗戶和街道變成了石頭，甚至人也變得像石頭一樣冷硬、無生命。另一方面，我們也看到一個活生生的人在這石頭之城裡保持警醒，在窗前數彈藥（所以，這首詩描寫的可能是某場戰爭或起義事件？），和城市一起在火焰上燃燒。熾熱的火焰（空間）和冰冷的石頭（時間）形成強烈的對比，雖然我們並不知道兩者最後的關係變得如何。

　　和其他兩首詩不同，〈筆記〉中有真正的石頭出現（〈與石頭交談〉中的石頭經過擬人，已經變得和現實中的石頭不同）。這和頭骨共同陳列的石頭，帶領詩人聯想到星星，然後聯想（在詩中被

稱為「比較的空間」）這件事本身又讓詩人想到一連串事物……雖然這串聯想意識流有點扯得太遠，但詩人最後還是把重點拉回了石頭身上，在人石之間做出了一些比較，即便這比較也是隱晦、模糊的。

〈與石頭交談〉應該是這三首詩裡面語意最清晰、形式最精準的。不過，它並沒有清晰到讓詩變得太直白、以至於失去詩意；它的精準也允許了模糊的空間，讓讀者可以有不同的解讀。

拒絕讓詩人進入、理解的石頭到底是什麼？它是生命中的冷酷面，生命本身，還是別的東西？或許，它就只是石頭？詩人和詩就像石頭一樣不會回答我們，但是這並不會阻止我們想要和石頭交談的願望。

遺憾的歸來

我不認識那座森林，
別在天空中尋找徵兆。
天空和森林都被密集的死亡槍砲聲
縫起來了。

無人區：你的和我的。
流逝的雲朵。
我不知道的，最後的思緒。
沒有被聽到的槍砲聲。

比灰塵還無足輕重，
我缺乏預感（罪惡和懲罰）地
成了你的未亡人──不要原諒──
像是睡夢中的孩子。像是昆蟲。

雙份的生命：生命和你。
雙份的死亡：死亡和我。
雙份的空洞：你──還有
我永遠都不會生下的，你的兒子。

向風景道別

我對春天的再次到來，
沒有怨懟。
我不怪它，
像在每年一樣
完成自己的義務。

我了解，我的哀傷
不會讓綠葉停止生長。
如果小草搖擺猶疑，
那也只有在風中。

水邊的幾棵赤楊
能再次發出喧譁，
並不會讓我痛苦。

我明白——
彷彿你還活著——
某座湖的岸邊
依然像從前一樣美麗。

我不生風景的氣，
我不怪它
給我波光粼粼的河灣。

我甚至可以想像，
某些不是我們的人
在這一刻坐在
倒下的樺木樹幹上。

我尊重他們
低語、歡笑和
愉快地沉默的權利。

我甚至認為，
他們彼此相愛，
而他用他活生生的手臂
攬住她。

我真心希望，
他們可以聽到
蘆葦叢中傳來的窸窣聲，
彷彿是幼鳥發出來的。

對於那些快速、慵懶
不聽我話地
拍打河岸的浪潮，
我不期許它們做出任何改變。

我對森林附近
偶爾碧綠，
偶爾寶藍，
偶爾深黑的深水區
沒有任何要求。

只有一件事我不同意。
我不會讓自己回到那裡。
我放棄──
在場的特權。

我點到為止地
做你的未亡人，
這樣才能從遠處遙想。

──《結束與開始》，1993

未亡的艱難

　　張娟芬有一本講死刑的書，叫做《殺戮的艱難》。對大部分人來說，殺人應該是難的。一般人不會去殺人，也很難理解人為何會殺人。和殺人一樣難以理解的是死亡，因為我們都沒有死過，所能領略到的頂多是瀕死、垂死經驗，而不是死亡本身。

　　比起殺人和死亡，我們比較熟悉的是未亡和倖存。我們了解父母、手足、朋友死去後，我們經歷到的傷痛。然而，雖然是這麼普遍的經驗，關於它的文學似乎依然帶著禁忌的意味。寫未亡人的文學大多是沉重的，而我們能對未亡人說出的安慰，好像除了「節哀順變」、「我很遺憾」之外，也想不出別的。

　　確實，當個未亡人不是件容易的事。所愛之人逝去後，留給我們的遺產就是記憶。背負記憶很沉重，遺忘很困難，真正忘了又會遺憾、有罪惡感。要怎麼緬懷死者？要怎麼看待曾經和死者共享的記憶，才能享受昔日美好、理解過去痛苦，又不會觸景傷情？

　　〈遺憾的歸來〉和〈向風景道別〉就是在處理未亡的艱難。〈遺

憾的歸來〉比較沉重，各種情感也較為強烈。相對來說，〈向風景
道別〉就有一種事過境遷、雲淡風輕的氛圍——雖然這輕盈也不是
真正的輕，因為雖然敘事者接受了一切會如常發生、不會因死亡而
改變，但是她卻拒絕回去，放棄了未亡人親臨現場的特權，只從遠
處遙想。

　　就像當個未亡人是艱難的，翻譯「未亡」這個字也是艱難的。
在波蘭文中，要說某某是某某的未亡人，會用「przeżyć kogoś」（字
面上的意思是：活得比某某人長），和英文的「survived by」類似。
但是，在日常語言中很少會用到這個字，因為會被認為不禮貌、冒
犯死人。

　　在〈遺憾的歸來〉中的未亡還算好處理（雖然這用法還是不尋
常的），但在和〈向風景道別〉中，因為辛波絲卡用了一個不尋
常的句子「Na tyle Cię przeżyłam ／ i tylko na tyle, ／ żeby myśleć z
daleka.」「未亡」這個字竟然有了程度上的輕重。原文的 na tyle i
tylko na tyle（這麼多，只有這麼多）沒有說是多少，但中文很難表
達這模糊，所以用「點到為止」。

　　如果未亡有輕有重，那麼守喪應該也不只有黑（或白）一種顏
色。

運送猶太人

外面是整個世界：
遠處密布著森林，
泉水給山丘解渴，
而死亡在開放的天空下。
但是他們（——被關在引擎的高速運轉中——）
的臉孔被換成擁擠的黑暗。
喊叫，沉默如鉛。
大地深邃的證明。

在午夜一點火車
停留很久——它不會等所有人。

「你用書本，昆蟲和樹葉
教我什麼是生命的清晨。
今天父親，憎恨的血液
在你的胸口乾涸——」

在午夜兩點火車
停留很久——它不會等所有人。

「我們要隱形的哭泣做什麼呢，
妻子，妳永遠是我的妻子。
眼淚是從呼吸偷來的，
身體比死亡還要沉重。」

在午夜三點火車
停留很久——它不會等所有人。

「小兒子啊，你就從木板間的空隙
吸取空氣吧。
希望你可以在一口氣中活下去，
我的手好空……」

當午夜四點到來的時候
某個人突破了車廂的阻力。
他的胸口是撕開的——而在他胸中
沒有給任何人的原諒。

尚且

在密封的車廂內
名字旅行過國家，
它們要到哪裡去，
會下車嗎何時下車，
別問，我不會説，我不知道。

拿單這個名字用拳頭敲擊牆壁——
以撒這個名字瘋狂歌唱，
撒拉這個名字大喊著要人拿水給
亞倫這個名字，因為它快渴死了。

奔馳時別跳，大衛這個名字。
你是個注定受難的名字，
不會給任何人，無家可歸，
在這個國家，背負你太沉重。

給你的兒子一個斯拉夫名字，
因為這裡人們數頭上的頭髮、

根據名字和眼皮的形狀，

來劃分善惡。

奔馳時別跳，你的兒子會叫列赫。

奔馳時別跳，還不是時候。

別跳，夜色發出笑聲，

嘲諷地模仿輪子敲在鐵軌的聲音。

一朵人做的雲飄過國家上空，

雲大，雨小，一滴淚，

小雨，一滴淚，乾燥的時間。

鐵軌通往黑暗的森林。

沒錯，沒錯，車輪敲擊。一片沒有草地的森林。

沒錯，沒錯。一整個車廂的叫喊從林中通過。

沒錯，沒錯。在夜間醒來我聽見

沒錯，沒錯，寂靜敲擊寂靜的聲音。

——《喚喚雪人》，1957

某些人

某些人逃離另一些人。
在太陽或雲朵下的
某個國家。

他們把某些屬於自己的一切
留在身後,播了種的田野,某些雞和狗,
還有鏡子,以及鏡子裡映照出的火光。

他們背上背著水壺和包袱,
一開始的時候越空,之後每天就會越來越重。

在寂靜中某個人因為疲倦倒下,
在喧囂中某個人的麵包被奪走,
某個人試圖搖醒他死去的孩子。

在他們面前總是有一條錯誤的路,
總是有一座不對的橋

架在一條河上，那河水奇怪地泛著玫瑰色。
在他們的四周有槍聲，或近或遠，
而在天空中有一架似乎在盤旋的飛機。

某種隱形的能力可能會有用，
某種像是石頭的灰色，
或者更好的是某種不存在，
持續一段時間或者更久。

某件事還會發生，問題是在哪裡，還有發生什麼。
某個人會來到他們面前，問題是什麼時候，來的是誰，
有多少人，為了什麼目的。
如果那個人有選擇，
或許不會想要成為他們的敵人，
然後會留給他們某種人生。

—— 《瞬間》，2002

那些「某些人」們

二次大戰中最可怕、也最令人無法理解的罪行之一，就是希特勒對猶太人的大屠殺。

辛波絲卡作為旁觀者要怎麼寫大屠殺？沒有經歷過大屠殺的她有權利和資格寫大屠殺嗎？辛波絲卡的「不在場」會給她冷靜觀看的距離，還是會讓她對這個事件的描寫及評論流於表面？

猶太裔波蘭文學評論家亞瑟 · 桑德爾（Artur Sandauer）曾在他的文章〈比如說辛波絲卡〉（Na przykład Szymborska）中如此批評辛波絲卡的〈尚且〉：「辛波絲卡在這首關於運送猶太人的可怕詩作中並沒有寫到這件事本身，而是寫出了她的無知，寫出了一個現代波蘭女性在夜晚的沉思。她努力試著回想關於這個民族的一切，但是在她記憶中這些人只留下了名字。」*

* 這篇文章原本在1968年4月發表於《文學月刊》（Miesięcznik Literacki）雜誌，這段引文可以在安娜・碧孔特（Anna Bikont）和尤安娜・許錢斯納（Joanna Szczęsna）所著的《記憶的雜物間：辛波絲卡傳記》（Pamiątkowe Rupiecie. Biografia Wisławy Szymborskiej）中讀到（克拉科夫，2012，68頁）。

確實，辛波絲卡對猶太人的記憶不多，也無法切身體會他們在集中營中所遭受到的苦難。但是，如果我們記得：大部分現代的讀者（包括波蘭的年輕讀者）也像辛波絲卡一樣，對猶太人大屠殺缺乏切身的感受和第一手的知識——也許，我們就不會抱著苛責的態度看辛波絲卡這首詩，而是可以把它當成是詩人試圖理解他人苦難所做出的嘗試。

早在 1943 年寫下的〈運送猶太人〉可被視為是〈尚且〉的前身，雖然兩者的風格和重點迥然不同。〈運送猶太人〉比較寫實（雖然也只是詩人的想像），把重點放在猶太人在死亡威脅中（在擁擠悶熱的車廂中無法呼吸）求生（在行進的火車中拆掉木板跳車）。在〈尚且〉中雖然也有死亡威脅（乾渴）和跳車（「奔馳時別跳」），但重點已被轉移到猶太人所承受的不義命運（只是因為身為猶太人而被殺）。

不義的命運任何人都有可能遇到，不只是猶太人。在過去與現在，許許多多來自不同國家、不同種族的人都遭受到不義的命運，就像辛波絲卡筆下的〈某些人〉。就算我們不是「某些人」，我們也必須作出選擇：在面對這些人時，要成為他們的朋友還是敵人。

戰爭的孩子

他的眼神因為話語而熾熱。
他的話語因為眼神而熊熊燃燒。
他把艱難的數字
換成了中氣十足的演說。

而群眾有如潮水喧譁，
群眾的背脹滿破裂。
脫下帽子後露出的鬃毛
往講台底下靠近。

講者飛騰的話語懸在半空——
他看見了孩子。他們把可怕的時代
戴在自己灰白的頭髮上，
像是紋風不動的空氣。

在他的吼叫爬上他的手臂，
爬上那陡峭的牆之前——
他知道，他的手在顫抖。他接過了
戰爭的最後一塊碎片。

他走下來，像是一個背負著重擊的挑夫。
他的聲音和手勢都降低了。
他說——請你們幫幫忙，
幫我把那壓迫我記憶的東西抬起來。

1947

時代的孩子

我們是時代的孩子
這個時代是一個政治的時代

所有你的、我們的、你們的
日常和夜間事務，
都是政治的事務。

不管你想不想要，
你的基因有政治的過去，
你的皮膚有政治的色彩，
你的眼裡有政治的神情。

你說的話，有政治的回音，
你的沉默，訴說著許多話語，
橫著看豎著看都是政治性的。

甚至當你走入森林，
你也踏著政治的步伐，
走在政治的地面上。

非政治的詩也是政治的，
天空中懸掛著月亮，
那已經不只是月球。
活著或是死亡，這是個問題。
什麼樣的問題，回答吧親愛的。
那是個政治的問題。

你甚至不必生而為人，
才能具有政治的意義。
你可以只是石油，
糧草或是再生原料，就已足夠。

或者是舉行會議的那張桌子，
他們為了它的形狀吵了好幾個月：
到底要在方桌，還是圓桌旁邊
進行攸關生死的談判。
在此同時人們橫死，
動物暴斃，
房屋燃燒，
土地荒廢，
就像在久遠以前
不那麼政治化的時代。

——《橋上的人們》，1986

對照筆記

不政治的詩人，政治的詩

　　自從在 1966 年把波蘭統一工人黨的黨證退回，辛波絲卡沒有
再參加過任何政黨。她以個人身分支持反抗政府的行動（比如在抗
議修憲的公開信上簽名、在戒嚴時代發表影射政府暴政的翻譯詩
作），但是她並沒有加入團結工聯的抗爭。她後來說：「我缺乏集
體意識，也許過去的教訓讓我無法再屬於任何地方？」*

　　辛波絲卡直接寫政治的詩不多，但是她的許多詩都可以當成政

---

* 見安娜・碧孔特（Anna Bikont）和尤安娜・許錢斯納（Joanna Szczęsna）所著的
　《記憶的雜物間：辛波絲卡傳記》（Pamiątkowe Rupiecie. Biografia Wisławy
　Szymborskiej）（克拉科夫，2012，251頁）。

治詩來看待，比如說〈恨〉、〈字彙〉、〈考古學〉、〈寫履歷表〉、〈恐龍化石〉，都是以旁敲側擊、「戴著手套」的方式批評時事。也許，在一個出國要政府批准、電話可能被監聽、書信可能被打開（辛波絲卡正是因為如此才開始寫明信片），生活中存在著特務與告密者、買禁書會被盤查、表露反對政府的立場可能會失去工作的國家，真的沒有一件事不政治，不管那是月亮、基因、衛生紙（在社會主義時代衛生紙是奢侈品，經常缺貨，原因至今成謎）還是絲襪（絲襪也常缺貨，所以當時有人專門幫人補絲襪，絲襪也成為拿來賄賂女性官員的禮物）。

　　在那樣的時代，或許所有的一切都看起來有距離、荒謬。即使是發生在自己身上的事，也像是在發生在別人身上。或許是因為那樣的距離，讓辛波絲卡可以冷眼旁觀，甚至看到這荒謬中的幽默之處。

不過，辛波絲卡並非一開始就是疏離和冷靜的。在她早期的詩作中，她抱著熱情和信仰描述她身邊的事物、她所經歷的一切、她對未來的願景、她對社會主義的期望。〈戰爭的孩子〉也是這樣的詩。不過，在這熱情激昂的演說中，辛波絲卡也看到了演講者的脆弱與無力，並且把它寫了下來。或許我們可以說，辛波絲卡即使在政治的狂熱中，也沒有站在漩渦的正中央，而是在一段距離之外從旁觀看，這讓她後來能從狂熱中抽身，以批判的態度看待政治及自己的過去。

　　辛波絲卡後來沒有再為政治目的寫詩，但是她的詩依然反映著政治的時代。

玩笑的情色詩

我脖子上戴著一條串珠項鍊。
每顆珠子都是愉快的一天
因為意外事件的觸摸
而長存。

在如此寂靜的旋律中
我除了節奏什麼都不會，
而——如果你要聽到它——
你必須和它一起哼唱。

我不是自己一個人存在。
我是能量的功用。
那或許是空氣中的徵兆。
或是水上的漣漪。

當你睜開眼——
我只會拿走屬於我的。
我會忠實地把
大地和火焰留給你。

1947

女人的肖像

一定得讓人有選擇機會。

改變，但是只能沒有任何改變。

那些容易，不可能，困難，值得的嘗試。

眼睛，如果必要，可以一次湛藍，一次鉛灰，

或是烏黑，愉悅，為了莫名原因充滿淚水。

和他上床，像是隨便任何一個，或世上絕無僅有。

給他生四個孩子，沒有孩子，一個孩子。

天真，但是最會給建議。

虛弱，但是可以抬起重擔。

不是很有頭腦，但以後會有的。

讀雅斯佩斯和女性雜誌。*

不知道這個螺絲是拿來幹嘛的，但會建一座橋。

年輕，就像平常一樣年輕，一直還很年輕。

手裡捧著一隻翅膀受傷的麻雀，

＊卡爾・雅斯佩斯（Karl Theodor Jaspers），德國哲學家和精神病學家。

或是拿著為了長途旅行而自備的錢，

切肉的剁刀，羅盤和乾淨的酒杯。

要跑到哪裡去，為什麼這麼疲倦。

怎麼會呢，只有一點，非常累，沒關係。

不然就是愛他，不然就是頑固。

為了好，不好，看在上帝份上。

——《巨大的數目》，1976

酒席間

他看了我，給了我美貌，
而我把它當成是自己的。
心情愉快，我吞下星星。

我允許自己幻想
我和他眼中的倒影
有相似之處。我跳舞，跳舞，
身上突然長出的翅膀也不停顫抖。

桌子是桌子，酒是酒，
裝酒的酒杯是酒杯，
它以站姿站在桌子上。
而我是想像出來的，
完全不可思議，
從裡到外。

我告訴他，他想聽的：關於
蒲公英星座底下
為愛而死的螞蟻。

我發誓，滴了酒的
白玫瑰會唱歌。

我大笑，小心地
低著頭，彷彿在檢查
一項發明。我跳舞，跳舞，
在驚訝的皮膚中，在那
把我創造出來的擁抱中。

來自肋骨的夏娃，來自泡沫的維納斯，
來自朱庇特頭顱的米奈娃*，
都比我更接近現實。

當他沒在看我，
我在牆上尋找
自己的倒影。卻只看到
拿來掛畫的釘子，而畫已拿下。

——《鹽》，1962

* 米奈娃（Minerva），古羅馬神話中的智慧女神、戰神、藝術家和手工藝
　者的守護神，據說是從眾神之王朱庇特（Jupiter）的頭顱中誕生的。

愛情中的女人

　　辛波絲卡經常寫愛情，也擅長寫愛情。她透過在愛情中的女人描寫愛情的面向，於是我們在〈一見鍾情〉中看到愛情的偶然及不確定，在〈金婚紀念日〉中看到愛情磨平個人特質的力量，在〈遠眺〉及〈離婚〉中看到愛情消逝後留下的冷漠、公式化和尷尬，在〈在機場〉中看到戀人對彼此的獨特，在〈初戀〉中看到愛情的死亡……這些詩不只是在寫愛情，也是在寫人生，寫人在經歷愛情時，會遇到的喜悅、沮喪、挫折、患得患失。

　　患得患失應該是許多人在戀愛時會經歷到的情緒。不管是再獨立、不在乎別人想法的人，當他或她發現自己在情感上開始依賴一個人，自己的喜怒哀樂被這個人的一言一行左右（雖然那個人可能根本沒意識到這件事），應該多多少少都會惶恐不安，嚴重的話，甚至會覺得自己被對方吞沒、失去自我。

　　〈酒席間〉就在描寫一個被愛情的喜悅淹沒、覺得自己的存在

很不真實的女人。她把自己比喻成夏娃、維納斯和米奈娃,認為自己是被愛人的視線創造出來的。當愛人沒在看她的時候,她就覺得自己變成牆上掛畫的釘子,但上面沒有掛任何畫(一個可有可無、又令人遺憾尷尬的存在?)。理性的人讀這首詩,可能會覺得:「這女人怎麼這麼沒有自我啊,太卑微了。」或「太誇張了。」但從另一個角度看,卑微和誇張也是愛情中很真實的感受。

曖昧不明和疲倦也是愛情中很真實的感受。在〈玩笑的情色詩中〉,我們看到若隱若現的感情、若隱若現的情慾,好像可以從中感受到一些什麼,但是又說不出個所以然。而在〈女人的肖像〉中,我們則看到一個在愛情中感到疲倦的女人,為了所愛的人犧牲自我、竭盡所能,即使再累也要撐下去。

這些詩中的女人真的愛嗎?還是她們只是因為頑固才愛?或者是為了義務?她們在愛情中感到快樂還是不快樂?我們不知道。但是話說回來,我們很也很少知道自己在愛情中是否快樂,以及我們是為了什麼而愛。如果愛情可以用簡單幾句話就說清楚,大概也不需要用這麼多文學、藝術、占星、算命的手段去猜測它了吧。

馬蹄鐵

在我望向它的同時，
你也衡量著手中那偶然找到的幸運。
你家門上的馬蹄鐵對你微笑，
你愉快地看著它。

拿去吧，如果你記得：馬蹄
還有那夜晚羅織出的蜘蛛──

（這些是從月曆中掉出來的葉片，
這些是從樹上掉下來的日子。
這是輕輕搖晃的光線，
這是我們頭頂有翅膀的時刻。
我們可以用這種方式
解釋腳下的每一個沙沙聲，
以及我們在霧中多變的陰影。

然而它不會成為〈秋天〉，
〈夜晚的城市〉或〈雨〉。
有許多窗戶會對冗長的雨敞開胸懷。
拿來當柴燒的圍欄。
在爐子裡慵懶地煮熟的蕎麥。
而在破布裡顫抖的娃娃，
失落了它的玻璃眼珠。）

拿去吧，如果你記得：馬蹄鐵
還有那多了一片花瓣的丁香──

在我望向它的同時，
你聽到鏽敲擊石頭的聲音。
就讓收廢五金的販子
明天開出一個好價錢。

有氣球的靜物畫

與其在臨死前
讓回憶折返，
我寧願
讓所有的失物歸來。

雨傘，皮箱，手套，大衣
紛紛到來，
這樣我就可以說：
我為什麼需要這些東西。

迴紋針，這把和那把梳子，
紙玫瑰，繩子，刀子，
這樣我就可以說：
我了無遺憾。

不管你在哪裡，鑰匙，
試著及時趕到，
這樣我就可以說：
鏽，親愛的，鏽。

證書，通行證，問卷
像雪片般從天降落，
這樣我就可以說：
太陽落下了。

時鐘，從水中浮現吧，
請讓我把你拿在手上，
這樣我就可以說：
你只是假裝時間。

被風吹走的氣球，
這時也被找到了，
這樣我就可以說：
這裡沒有小孩。

從打開的窗飛出去吧，
飛到廣大的世界，
讓某個人驚呼：噢！
這樣我就可以哭泣。

——《呼喚雪人》，1957

詩作為一個失物招領處

　　辛波絲卡對世人眼中無用或無聊的東西情有獨鍾。她過世後，生前的部分收藏被放在克拉科夫國家博物館（Muzeum Narodowe w Krakowie）展出，展覽名稱叫做「辛波絲卡的抽屜」（Szuflada Szymborskiej），呼應著她在〈許多可能〉中寫下的句子：「我比較喜歡抽屜」。另外，辛波絲卡也稱自己某一段時期的公寓為「抽屜」，因為它真的很小巧。在展場，我們可以看到辛波絲卡蒐集的明信片、面具、各種奇形怪狀的打火機（有一個是潛水艇形狀的）和煙灰缸、小豬音樂盒（轉動尾巴就會有音樂）⋯⋯還有辛波絲卡自己設計的、有三十六個抽屜的五斗櫃。

　　辛波絲卡也喜歡在詩中「蒐集」那些別人看不上眼、無用或無聊、被人遺失或遺忘的事物。就像一個失物招領處（或者該說，資源回收站？），她的詩敞開胸懷，歡迎「不必要的天分，多餘的好奇心，屬於小眾的憂傷和恐懼」（〈到方舟裡去〉），以及各種不

被人賞識的奇蹟，比如「手上的手指比六根少，但是比四根多」
（〈奇蹟市集〉）。除此之外，還有各色各樣的事物：雨傘、皮箱、
大衣、鑰匙、馬蹄鐵、鞋子、石頭、圖畫。

　　物件看似沒有意義、是身外之物，但大部分的物件都承載著回
憶，就像《哈利波特》裡面的港口鑰（Portkey），可以把我們帶到
另一個時空。在〈馬蹄〉中，象徵幸運的馬蹄鐵（波蘭人習慣在家
門上懸掛馬蹄鐵，相信這麼做可以避邪並為他們帶來好運）把詩中
的「我」和「你」帶到一幅情境之中（也許是過去，也許是現在）。
但馬蹄鐵畢竟是馬蹄鐵，它可以保存過去或現在的情景，但不能真
正讓人回到或留在那裡。

　　或許正是因為辛波絲卡知道物件承載的回憶以及回憶本身有其
虛幻性，她在〈有氣球的靜物畫〉中就直接說：「與其在臨死前／
讓回憶折返，／我寧願／讓所有的失物歸來。」而且，她招喚這些
失物，也不是為了回顧寄居在它們身上的回憶，而是為了再一次看
到它們、打聲招呼、然後放手讓它們走。

　　如果物件是回憶的載體，那麼詩也可以被視為一種回憶的載
體。它是失物招領所，也是失物。

黑色的歌

拉長音調的薩克斯風手，發出笑聲的薩克斯風手
有自己一套世界的系統，不需要話語。
未來──有誰會知道。過去是確定的──但有誰知道呢。
瞇起想法，演奏黑色的歌。

人們緊挨著臉跳舞。跳舞。突然有人倒下。
他的頭撞上地板，打在節拍上。人們按照節奏避開他。
他沒有看到頭頂上那些膝蓋。他的眼皮閃著蒼白的光，
抽離了喧囂的高壓和充滿詭異色彩的夜晚。

別太悲情。那人還活著。也許他喝多了，
而太陽穴上的血跡只是口紅？這裡沒有發生任何事。
這是一個平凡普通躺在地上的人。他自己跌倒也會自己站起來，
既然他已經活過了這場戰爭。人們在甜蜜的擁擠中跳舞，
風扇混合了炎熱和冰涼的能量，
薩克斯風往粉紅色的燈發出狗一樣的鳴叫。

自我分割

遇到危險時海參會把自己分成兩半：
一半給世界吃掉，
一半逃跑。

它決絕地把自己切割成災難與救贖，
罰金和獎品，過去及未來。

在海參身體的中間展開了一個深淵，
也立刻出現了兩個彼此陌生的邊緣。

在一個邊緣上有死亡，另一個有生命。
一邊是絕望，另一邊是撫慰。

如果有天平，托盤不會移動。
如果正義存在，那這就是了。

該死幾次就死幾次，但不要過頭。
倖存的那部分，也可以在需要範圍內再生。

我們會自我分割，喔沒錯，我們也是。
只是我們把自己分成身體和破碎的低語。
身體和詩。

一邊是喉嚨，一邊是輕盈、
很快就沉默的笑聲。

這邊是沉重的心靈，那邊是 non omnis moriar，*
這三個字像三根羽毛讓人飛起。

深淵沒有把我們分開。
深淵將我們包圍。

紀念海蓮娜 · 波許娃托絲卡*

——《萬一》，1972

* 拉丁文，意思類似「人雖有一死，但精神永垂不朽」。

* 海蓮娜・波許娃托絲卡（Halina Poświatowska 1935-1967），早逝的波蘭女
　詩人。這是辛波絲卡少數有獻詞的詩，另外，這首詩的獻詞也很不尋常，
　因為是寫在最後面，而不是像一般的獻詞寫在前面。

劇場印象

悲劇中對我來說最重要的是第六幕：
戰場上的死人都復活了，
忙著整理假髮，戲服，
把胸口的刀拔出來，
脖子上的繩結扯下，
在活人之間排排站好，
面向觀眾。

單獨謝幕和集體謝幕：
把蒼白的手放在心臟的傷口上，
自殺的女人屈膝行禮，
被砍頭的人也微微頷首。

成雙成對謝幕：
憤怒與溫和手勾著手，
犧牲者愉快地看著劊子手，
反叛者毫無怨尤地走在暴君身旁。

金色的鞋尖踩在永恆上。

脫下的帽子將道德揮開。

不正確的慾望，準備好明天要重頭再來一遍。

早在第三幕、第四幕、幕與幕之間

死去的人這時候也魚貫而入。

失蹤者亦奇蹟似地歸來。

一想到這些人一直在幕後耐心等待，

沒有把戲服脫下，

沒有把口紅擦掉，

這就比冗長無聊的悲劇還感動我。

但是真正的高潮是在落幕的那一瞬間，

以及從縫隙底下還可以看到的事：

一隻手匆忙地伸出接過花束，

另一隻手握住已放下的劍。

而第三隻隱形的手，直到這時才

盡了它的義務：

緊緊掐住我的脖子。

——《萬一》，1972

對照筆記

深淵旁的笑聲

　　辛波絲卡的讀者可能會注意到，她的詩有一種特殊的幽默。這種幽默的味道難以形容，說它辛辣，它卻很順口。說它香甜，它又太苦澀。說它頑皮，它卻成熟，說它老成世故，它又有一種孩子般的天真和相信。這味道有點像肉桂，又有點像小荳蔻咖啡，或是蘋果洋蔥炒雞肝，甚至是麻油雞。它有著複雜的味道，但這複雜並非所有的味道混雜在一起、互相中和、平衡，而是同時存在，每個特徵都很鮮明。

　　我一直無法清楚描述辛波絲卡的這種幽默，但是當我看到〈自我分割〉，我突然明白了。辛波絲卡的詩，就是在深淵兩邊的絕望

及撫慰，死亡與生命，罰金和獎品，「一半給世界吃掉，／一半逃
跑。」因為有這自我分割的功能，蜥蜴、壁虎和海參（海參不是斷
尾斷腳，而是把內臟吐出來），甚至人類，才能在遇到危險時自我
保護、倖存下來。

不過，人類不像動物可以把身體和身體的一部份分開，而是要
把身體和靈魂、思想分開。身體和靈魂的分割就不像身體和身體的
分割那麼一乾二淨、切口整齊。總是有一些憂鬱會沾染上玩笑，像
是伍迪艾倫或卓別林；總是有一些無厘頭會帶著嚴肅，像是周星馳、
馬克思兄弟（Marx Brothers）或蒙提 · 派森（Monty Python）。

有時候，在讀辛波絲卡時，你會不知道她到底是認真的還是在
開玩笑。就像在讀〈黑色的歌〉時，你不知道她只是單純地在描寫

一個舞會的情境，還是試圖透過這個情境暗示、影射著什麼（戰爭？死亡？），還有這暗示及影射到底是要表達悲劇性還是喜劇性。

　　也許，如果我們把距離拉開，所有舞台上的悲劇都是喜劇（因為總有落幕的時候，而且人沒有真的死掉），所有的喜劇都是悲劇（因為皆大歡喜的結局是假的）。當我們看到幕與幕之間、落幕時以及幕後發生的事，我們在看戲時就會看到不同的層次。同時，當我們把目光轉向看戲的自己，或許我們會像〈劇場印象〉中的敍事者一樣，感覺被一隻隱形的手掐住了脖子。

　　那脖子上的壓迫感是真的還是假的？或許它也是深淵的其中一邊，只是不知道是用來存活的部份，還是拿來給敵人吃掉的部份。

今日的民謠

在這個時刻
詩人是多麼美妙地飢渴啊，
當風彎折樹幹，
讓花瓣從樹梢灑落，
而太陽如此令人感動，
像是孩子第一次的歡樂，
那歡樂想要把最輕柔的雲朵
緊握在愉快的拳頭中。

在街道歌曲的交叉點，
在它的十字路口，
那個總是含情脈脈地道別，
總是害怕地迎接的情人，
把嘴唇埋在
充滿感情的綠葉裡等待。
詩人看到了這樣的她，
並且在今天愛上了這樣的她。

他不是擅長
花言巧語的詩人。
他對她說：「我不知道該如何
把自己和別人的時間分開。
跟我來吧。如果妳來的話——
我並不會因此而快樂。」
沒有一個月曆會說
哪一個——是我的星期天。

在我把妳的嘴唇
寫進崇高的詩歌之前，
我——自由的人——穿著世界的空氣，
像是穿著堅固緊身的鎧甲，
我會把我的話語提升到
為自由而戰鬥
為和平而戰鬥的
那些人們的心靈高度。

他把頭埋進葉片，
那在她手中綻放的綠意。
他低聲重複名字，
彷彿這樣記憶會比較持久。
然後他走在破損的街上離去，
走在快樂和愚蠢的人之間，
然後他走在破損的街上離去，
走在無憂無慮的情人之間。

看著太陽——女孩眼中
盈滿了淚水。
看著雲朵——她認出了
離別的困難。
但不是這個。不是她。
像是學習飛行的鳥
她會抬起臉和雙手，
飛奔著去找他。她跑出去了。

1948

民謠

這是一首民謠，關於一個
突然從椅子上站起來的被殺死的女人。

她被寫在一首好詩裡，
寫在白紙黑字上。

這件事發生的時候窗簾沒有拉起來，
燈也沒有關掉。

每個想看的人，都可以看得到。

當門關上，
兇手從樓梯跑下去，
她站了起來，像是
突然被寂靜驚醒的活人。

她站了起來，晃了晃腦袋，
用彷彿戒指般堅硬
的雙眼巡視角落。

她的雙腳沒有離地漂浮，
而是踩在地板上
發出嘎吱嘎吱的聲音。

所有謀殺的痕跡
都在火爐中燒毀。甚至
照片，甚至抽屜底層的鞋帶
都燒得一乾二淨。

她沒有被悶死。
她沒有被射死。
她經歷到的是看不見的死亡。

她可以藉此表示她還活著：
為了小事哭泣，
甚至是因為看到老鼠
而害怕地尖叫。

　　　　有這麼多
弱點和可笑的事物，
任何人都可以複製。

她站起來，就像正常人一樣站起來。

她走路，就像正常人一樣走路。

她甚至唱著歌，
梳理她那些正在生長的頭髮。

——《鹽》，1962

幸福的愛情

　　辛波絲卡的情詩並不只是歌頌愛情，很多時候，她都在揭露愛情的陰暗面，讓我們看到：即使是幸福的愛情，也可能摻雜著不幸或不幸的預兆，即使看似琴瑟和鳴的關係，都有可能是犧牲了什麼、沉默了什麼才換來的。

　　幸福的愛情可能會有陰影，那不幸的愛情呢？在分手的陰影之中，有可能找到幸福的微光嗎？

　　〈今日的民謠〉和〈民謠〉是兩首有趣的詩。兩者雖然描述的是類似的、男人離開女人的情境，但兩首詩中的主角、他們的權力關係、以及詩的重心卻是這麼地不同。

　　在〈今日的民謠〉中，男人（詩人）似乎為了崇高的理由（為人民犧牲奉獻）離開女孩（或是假裝離開？擺一個離開、不在乎，但其實要女孩來追他的姿態？）。女孩雖然知道如果她跟著詩人走，他不會花太多時間陪她（因為他「不知道該如何／把自己和別

人的時間分開。」），但她好像除了義無反顧地愛下去（因為愛他？因為頑固？因為看在上帝份上？）也沒有別的選擇。我們不知道她為什麼這麼做，在這首詩中她的面孔如此模糊（只是一個捧著一束花或草的、含情脈脈的女孩——而且是透過男人的眼光！），我們甚至看不到她的感受。

在〈民謠〉中，男人與女人在詩中的重要性對調了。男人是造成女人「死去」的兇手，但是他的存在僅用一行就交代完，整首詩的其他部份都是關於女人的反應。雖然她被分手的痛苦「殺死」，但她隨即站了起來，走路、唱歌、梳頭、因為看到老鼠而尖叫、因為小事而哭泣。她把謀殺的痕跡（不幸愛情的記憶）在火爐中燒毀，某種程度上來說也「消滅」了男人在她生命中存在的證據。我們不知道女人是帶著憤怒、平靜還是愉快的心情在進行這一切，但是比起〈今日的民謠〉中的女孩，〈民謠〉中的女人主動許多，有一種「老娘沒男人依然活得好好的」的氣勢，她敢於注視（而不是被注視），也不畏懼別人的目光（「每個想看的人，都可以看得到。」）。

如果分手造成的殺傷力可以化解或降低（或以喜劇的方式看待？），那麼分手似乎也可以被視為是幸福愛情的另類結局。

學校的星期天

無人居住的屋子
鼓勵我走進去。
它把寂靜倚靠在牆上，
舉行著孤獨星期天的儀式。
樹葉透過窗戶看著它，
雖然它們只是徒勞地向玻璃眨眼：
最強烈春天的炙熱
溢滿了天花板。
在長椅中樹木的生命
因為惡作劇和無聊而咿呀作響。
剪紙們手牽著手
蹦蹦跳跳地繞著教室跳舞。
地球儀百無聊賴地站在櫃子上——
那是明日的科目——旁邊還有一隻鳥，
木屑把牠膽怯的心臟
給拿走了。
黃色的大陸和藍色的海洋

在圓形的球體上互相擁抱推擠，
鳥用永恆抬起的翅膀
碰觸它們。
喔孩子們，你們很容易相信
地球是圓的，
而且可以毫無遺憾地
看進鳥的眼睛──彷彿那眼睛是活生生的！
對我們來說就比較難了。我們知道：那個在
鳥飛行時向牠開槍的人，
是站在平坦得像是

像是盤子一樣的大地上，從上面
可以獲得豐饒的水果，
陽光般的金子還有可以
用來預言戰爭的動物內臟。
貪婪宴會的奴隸
在被重擔壓得彎曲的背上

耐心地搖晃，耐心地，
耐心地，耐心地搖晃
那不屬於自己世界的託寓——
他們的身體因為用力
以及謙遜而緊繃，
而他們把傷害的咒罵
關在彩色的臉上。
只要他們那被過度使用的肌肉
無法獲得法律的保障，
共同的爆炸
總有一天會從最後一根肌肉纖維中誕生。
站在岩石堆中，
把地球丟在地上，
在超越恨的驚奇中，
這些人把世界的五個部分還給人類。
第五個會是祖國，
它們之中每一個的祖國。
從這裡

我跨過門檻。明天田野的
小徑會在此聚集，
紙做的舞者
會從早晨就開始他們的表演。
地球儀會在孩童所注視的
軸心上轉動。
窗戶光線的鱗片
在太平洋上移動。
而在鳥的玻璃瞳孔中
光線折射出──彩虹。
我與出口的花錯身而過。
影子在我背後彎著腰──
這堅定安靜的同伴，
貼近地面的思緒：
該是讓過去在史詩中
發展了。我們還沒有這樣的史詩。

地圖

就像擺放它的那張桌子，
一樣平坦。
在它下方沒有任何動靜，
也不想尋找出口。
而在它上方──我人類的呼吸
不會造成任何旋風，
不會讓它的表面
起一絲皺紋。

它的低地和山谷總是一片翠綠，
高原和山脈則是黃色或褐色，
而海洋是和藹可親的藍，
躺在被撕裂的海岸線旁邊。

這裡所有的一切都小巧，觸手可及。
我可以用指尖擠壓火山，
不戴厚手套就能撫摸極地，
我可以一眼望穿
每座沙漠，
還有那些就在它旁邊的河流。

原始森林只用幾棵樹標示出來，
在那其中幾乎不可能迷路。
在東邊和西邊，
赤道上和赤道下──
有如灑落的罌粟子一樣寂靜，*
而在每一顆黑黑的小種子上
則住著人們。
萬人塚和突然的廢墟
不會在這裡出現。

在這裡你幾乎看不到國界，
彷彿它們正在猶豫──到底要不要存在。

我喜歡地圖，因為它們滿口謊言。
因為它們不會讓我們看到刺人的真相。
因為它們心胸寬大，以善意的幽默
在桌上為我展開一個
不屬於這個世界的世界。

　　　　　　　　　　　　　──《夠了》，2012

*「像是灑落的罌粟子一樣寂靜」是波蘭諺語，意指非常寂靜，沒有一
　點聲音。

不屬於這個世界的世界

　　〈學校的星期天〉是辛波絲卡創作過程中很重要的一首詩，原因倒不是這首詩本身有表現出什麼了不起的天賦，也不是因為它是《黑色的歌》中的最後一首詩（雖然，選集中的第一首和最後一首詩總是有其重要性的），而是這首詩的時代背景，以及它在當時引起的效應。

　　當〈學校的星期天〉在 1948 年於《文學報》中刊登後，編輯部收到了來自一名教師的投書（上面還有全班學生的簽名），說這首詩太複雜，讓人看不懂。之後這首詩在文壇引起了一連串討論，在意識形態上受到批評。辛波絲卡後來也做出自我批判，說〈學校的星期天〉確實很假、很故作姿態，並且說在受到批評後，將近兩年都沒有再寫詩。

　　在社會寫實主義風格盛行的波蘭，〈學校的星期天〉確實是不合時宜的。雖然它裡面有隱約提到普羅大眾的掙扎（背負重擔的奴隸、過度使用的肌肉），並且暗示到革命（「共同的爆炸／總有一

天會從最後一根肌肉纖維中誕生。」），但寫法在當時依然太過隱晦，而且又有提到一些和「重點」（社會改革）似乎無關的東西：地球儀、鳥標本、光線。

〈學校的星期天〉真的有這麼難懂嗎？放到今天的背景看，它的革命情懷確實需要對當時的社會背景有一定程度的理解，才能看懂。但是另一方面，這首詩很完整地呈現出辛波絲卡未來創作的特色：從微小細節延伸出哲學思考、在日常生活中發掘詩意、觀看及理解世界的欲望。

晚年的〈地圖〉（同時也是辛波絲卡生前最後一本詩集《夠了》中的最後一首詩）之於〈學校的星期天〉是很有趣的對照及呼應。在兩首詩中有類似的句子（「像是盤子一樣的大地」「就像擺放它的那張桌子，／一樣平坦。」），也有世界和它們的「再現」（地球儀、地圖）的比較。

對年輕的辛波絲卡來說，沒有寫出符合時代精神的史詩或許是可惜的。但是對於中年和晚年的辛波絲卡來說，年少的失敗或許是一種幸運。因為地球儀無法呈現世界，所以她必須畫下新的地圖。雖然年少和年長的辛波絲卡都知道，「再現」的世界都是「不屬於這個世界的世界」

Epilog 青少女

我——一個青少女？
如果她突然在此時此地來到我面前，
我要把她當作親人一樣歡迎嗎？
雖然她對我來說是如此地遙遠陌生。

我是否要流著淚，親吻她的額頭，
只為了
我們在同一天出生？

我們是如此迥然不同，
也許只有骨頭是一樣的，
顱骨，還有眼窩。

因為她的眼睛彷彿大了一點，
睫毛比較長，身高也比較高，
整個軀體緊緊被包覆著
光滑的皮膚，沒有一絲瑕疵。

我們是有共同認識的人和親戚，
只是在她的世界裡幾乎所有人都活著，
而在我的幾乎沒有人倖存，
雖然是同樣的一群人。

我們真的差很多，
想的和說的，完全是不同的事。
她知道的很少——
但固執己見。
我知道的比她多——
卻充滿猶疑。

她給我看她的詩，
筆跡工整而清楚，
我已經許多年沒有這樣寫詩了。

我讀著她的詩，我讀著。
嗯，也許只有一首，
如果把它改短一點，
還有幾個地方修一下。
其他的都沒有顯現出什麼了不起的天分。

我們的談話不是很順利。
在她那寒酸的錶上
時間依然搖擺不定而且便宜。
在我的錶上則昂貴精準得多。

道別的時候我們露出例行公事的微笑，
沒有一絲感動。

直到她消失後，
我看到她匆忙留下的圍巾。

那是純羊毛的圍巾，
有著彩色條紋，
是我們的母親，
用鉤針織給她的。

我還是繼續把它留著吧。

──《開心果》，1967

聯合譯叢 078

黑色的歌 Czarna piosenka

作　　　者／	辛波絲卡 Wisława Szymborska
譯　　　者／	林蔚昀
發　行　人／	張寶琴

總　編　輯／	周昭翡
主　　編／	蕭仁豪
資　深　編　輯／	尹蓓芳
編　　　輯／	林劭璜
封　面　設　計／	朱　疋
資　深　美　編／	戴榮芝
業務部總經理／	李文吉
行　銷　企　劃／	蔡昀庭
發　行　專　員／	簡聖峰
財　務　部／	趙玉瑩　韋秀英
人　事　行　政　組／	李懷瑩
版　權　管　理／	蕭仁豪

法　律　顧　問／	理律法律事務所 陳長文律師、蔣大中律師

出　　版　者／	聯合文學出版社股份有限公司
地　　　址／	（110）臺北市基隆路一段 178 號 10 樓
電　　　話／	（02）27666759 轉 5107
傳　　　真／	（02）27567914
郵　撥　帳　號／	17623526 聯合文學出版社股份有限公司
登　　　記　證／	行政院新聞局局版臺業字第 6109 號
網　　　址／	http://unitas.udngroup.com.tw E-mail:unitas@udngroup.com.tw

印　　刷　廠／	沐春行銷創意有限公司
總　　經　銷／	聯合發行股份有限公司
地　　　址／	（231）新北市新店區寶橋路235巷6弄6號2樓
電　　　話／	（02）29178022

版權所有‧翻版必究

出　版　日　期／	2016 年 9 月　　初版 2020 年 11 月 10 日　初版四刷
定　　　價／	320 元

All Works by Wisława Szymborska © The Wisława Szymborska Foundation,
www.szymborska.org.pl
Published by Unitas Publishing Co., Ltd.
All Rights Reserved
Printed in Taiwan

ISBN 978-986-323-181-3（平裝）
《本書如有缺頁、破損、裝幀錯誤、請寄回調換》

國家圖書館出版品預行編目資料

黑色的歌 / 辛波絲卡 (Wisława Szymborska) 著；
林蔚昀譯 . -- 初版 . -- 臺北市：聯合文學，2016.09
232 面 ；14.8×21 公分 . -- （聯合譯叢；078）
譯自：Czarna piosenka

ISBN 978-986-323-181-3（平裝）

882.151   105014688

Wisława
Szymborska